海子作品精选

名家作品精选

海子 著

长江出版传媒　长江文艺出版社

图书在版编目（ＣＩＰ）数据

海子作品精选 / 海子著. -- 武汉：长江文艺出版社，2019.11
（名家作品精选）
ISBN 978-7-5702-1067-1

Ⅰ. ①海… Ⅱ. ①海… Ⅲ. ①中国文学－当代文学－作品综合集 Ⅳ. ①I217.2

中国版本图书馆 CIP 数据核字(2019)第 188655 号

责任编辑：李 艳　沈瑞欣		责任校对：毛 娟
封面设计：沐希设计		责任印制：邱 莉　胡丽平

出版：长江出版传媒　长江文艺出版社
地址：武汉市雄楚大街 268 号　　邮编：430070
发行：长江文艺出版社
http://www.cjlap.com
印刷：武汉市首壹印务有限公司

开本：640 毫米×970 毫米　　1/16　　印张：18.25　　插页：1 页
版次：2019 年 11 月第 1 版　　2019 年 11 月第 1 次印刷
行数：7100 行

定价：33.00 元

版权所有，盗版必究（举报电话：027—87679308　87679310）
（图书出现印装问题，本社负责调换）

目　录

短　诗

四姐妹 / 3
黎明（之一）/ 5
黎明（之二）/ 6
山楂树 / 8
面朝大海，春暖花开 / 9
夜 / 10
日光 / 11
村庄 / 12
女孩子 / 13
北斗七星，七座村庄
　　——献给萍水相逢的额济纳姑娘 / 14

名家作品精选

肉体 / 15

妻子和鱼 / 16

坛子 / 18

思念前生 / 19

打钟 / 21

房屋 / 23

怅望祁连（之一）/ 24

怅望祁连（之二）/ 25

村庄 / 26

月光 / 27

雨 / 28

敦煌 / 29

黑夜的献诗
　　——献给黑夜的女儿 / 30

太平洋的献诗 / 32

最后一夜和第一日的献诗 / 33

春天，十个海子 / 34

亚洲铜 / 35

阿尔的太阳
　　——给我的瘦哥哥 / 36

粮食 / 38

歌：阳光打在地上 / 39

鱼筐 / 40

感动 / 41

九月 / 42

果园 / 43

自杀者之歌 / 44

从六月到十月 / 45

死亡之诗 / 46

五月的麦地 / 47

祖国（或以梦为马）/ 48

日记 / 51

两座村庄 / 52

十四行：王冠 / 54

麦子熟了 / 55

死亡之诗（之一）/ 56

死亡之诗（之三：采摘葵花）
　　——给凡·高的小叙事诗 / 57

重建家园 / 59

询问 / 60

答复 / 61

明天醒来我会在哪一只鞋子里 / 62

海水没顶 / 64

七月的大海 / 65

吊半坡并给擅入都市的农民 / 66

风很美 / 68

七月不远
　　——给青海湖，请熄灭我的爱情 / 69

浑曲 / 71

给萨福 / 73

我请求：雨 / 75

秋（外二首）/ 76

幸福一日　致秋天的花楸树 / 78

月 / 79

歌或哭 / 80

我的窗户里埋着一只为你祝福的杯子 / 81

长　诗

传说
　　——献给中国大地上为史诗而努力的人们 / 85

弥赛亚（节选）
　　（《太阳》中天堂大合唱）/ 98

太阳
　　（诗剧·选自其中的一幕）/ 133

土地
　　（《太阳·土地篇》）/ 158

散文　小说

源头和鸟 / 231

村庄 / 232

诗学提纲

诗学：一份提纲 / 243
朝霞 / 252
沙漠 / 257
王子·太阳神之子 / 262
曙光之一 / 264
曙光之二：电影上的驼子 / 266
我热爱的诗人——荷尔德林 / 267

附　录

怀念（之一）/ 西　川 / 273
诗人之死 / 吴晓东　谢凌岚 / 278

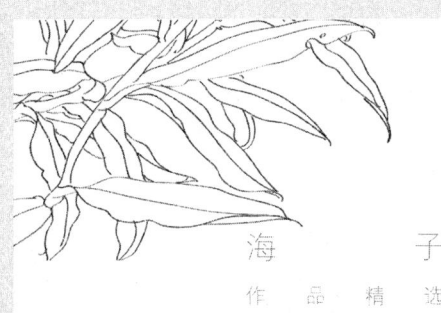

海 子
作 品 精 选

短诗

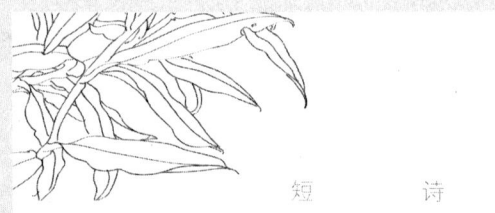

短诗

四姐妹

荒凉的山冈上站着四姐妹
所有的风只向她们吹
所有的日子都为她们破碎

空气中的一棵麦子
高举到我的头顶
我身在这荒芜的山冈
怀念我空空的房间,落满灰尘

我爱过的这糊涂的四姐妹啊
光芒四射的四姐妹
夜里我头枕卷册和神州
想起蓝色远方的四姐妹
我爱过的这糊涂的四姐妹啊
像爱着我亲手写下的四首诗
我的美丽的结伴而行的四姐妹
比命运女神还要多出一个
赶着美丽苍白的奶牛　走向月亮形的山峰

到了二月,你是从哪里来的
天上滚过春天的雷,你是从哪里来的
不和陌生人一起来

不和运货马车一起来
不和鸟群一起来

四姐妹抱着这一棵
一棵空气中的麦子
抱着昨天的大雪，今天的雨水
明天的粮食与灰烬
这是绝望的麦子

请告诉四姐妹：这是绝望的麦子
永远是这样
风后面是风
天空上面是天空
道路前面还是道路

黎明（之一）

我把天空和大地打扫得干干净净
归还给一个陌不相识的人
我寂寞地等，我阴沉地等
二月的雪，二月的雨

泉水白白流淌
花朵为谁开放
永远是这样美丽负伤的麦子
吐着芳香，站在山冈上

荒凉大地承受着荒凉天空的雷霆
圣书上卷是我的翅膀，无比明亮
有时像一个阴沉沉的今天
圣书下卷肮脏而欢乐
当然也是我受伤的翅膀
荒凉大地承受着更加荒凉的天空

我空荡荡的大地和天空
是上卷和下卷合成一本
的圣书，是我重又劈开的肢体
流着雨雪、泪水在二月

黎明（之二）

黎明手捧亲生儿子的鲜血的杯子
捧着我，光明的孪生兄弟
走在古波斯的高原地带
神圣经典的原野
太阳的光明像洪水一样漫上两岸的平原
抽出剑刃般光芒的麦子
走遍印度和西藏
从那儿我长途跋涉　走遍印度和西藏
在雪山、乱石和狮子之间寻求
天空的女儿和诗
波斯高原也是我流放前故乡的山巅

采纳我光明言词的高原之地
田野全是粮食和谷仓
覆盖着深深的怀着怨恨
和祝福的黑暗母亲
地母啊，你的夜晚全归你
你的黑暗全归你，黎明就给我吧
让少女佩带花朵般鲜嫩的嘴唇
让少女为我佩带火焰般的嘴唇
让原始黑夜的头盖骨掀开
让神从我头盖骨中站立

一片战场上血红的光明冲上了天空
火中之火,他有一个粗糙的名字:太阳
和革命,她有一个赤裸的身体
在行走和幻灭

山楂树

今夜我不会遇见你
今夜我遇见了世上的一切
但不会遇见你。

一棵夏季最后
火红的山楂树
像一辆高大女神的自行车
像一女孩　畏惧群山
呆呆站在门口
她不会向我
跑来！

我走过黄昏
像风吹向远处的平原
我将在暮色中抱住一棵孤独的树干
山楂树！一闪而过　啊！山楂

我要在你火红的乳房下坐到天亮。
又小又美丽的山楂的乳房
在高大女神的自行车上
在农奴的手上
在夜晚就要熄灭

面朝大海,春暖花开

从明天起,做一个幸福的人
喂马,劈柴,周游世界
从明天起,关心粮食和蔬菜
我有一所房子,面朝大海,春暖花开

从明天起,和每一个亲人通信
告诉他们我的幸福
那幸福的闪电告诉我的
我将告诉每一个人

给每一条河每一座山取一个温暖的名字
陌生人,我也为你祝福
愿你有一个灿烂的前程
愿你有情人终成眷属
愿你在尘世获得幸福
我只愿面朝大海,春暖花开

夜

夜黑漆漆,有水的村子
鸟叫不定,浅沙下荸荠
那果实在地下长大像哑子叫门
鱼群悄悄潜行如同在一个做梦少女怀中
那时刻有位母亲昙花一现
鸟叫不定,仿佛村子如一颗小鸟的嘴唇
鸟叫不定而小鸟没有嘴唇
你是夜晚的一部分　谁都是黑夜的母亲
那夜晚在门前长大像哑子叫门
鸟叫不定像小鸟奉献黑夜的嘴唇

在门外黑夜的嘴唇
写下了你的姓名

日 光

梨花
在土墙上滑动

牛铎声声

大婶拉过两位小堂弟
站在我面前
像两截黑炭

日光其实很强
一种万物生长的鞭子和血!

村　庄

村庄中住着母亲和儿女
儿子静静地长大
母亲静静地注视

芦花丛中
村庄是一只白色的船
我妹妹叫芦花
我妹妹很美丽

女孩子

她走来
断断续续地走来
洁净的脚
沾满清凉的露水

她有些忧郁
望望用泥草筑起的房屋
望望父亲
她用双手分开黑发
一枝野桃花斜插着默默无语
另一枝送给了谁
却从没人问起

春天是风
秋天是月亮
在我感觉到时
她已去了另一个地方
那里雨后的篱笆像一条蓝色的
小溪

北斗七星,七座村庄
——献给萍水相逢的额济纳姑娘

村庄,水上运来的房梁　漂泊不定
还有十天,我就要结束漂泊的生涯
回到五谷丰盛的村庄　废弃果园的村庄
村庄　是沙漠深处你所居住的地方　额济纳!

秋天的风早早地吹　秋天的风高高的
静静面对额济纳
白杨树下我吹不醒你的那双眼睛
额济纳　大沙漠上静静地睡

额济纳姑娘我黑而秀美的姑娘
你的嘴唇在诉说　在歌唱
五谷的风儿吹过骆驼和牛羊
翻过沙漠,你是镇子上最令人难忘的姑娘!

肉 体

在甜蜜果食中
一枚松鼠肉体般甜蜜的雨水
穿越了天空　蓝色
的羽翼

光芒四射

并且在我的肉体中
停顿了片刻

落到我的床脚
在我的手能摸到的地方
床脚变成果园温暖的树椿

它们抬起我
在一只飞越山梁的大鸟
我看见了自己
一枚松鼠肉体
般甜蜜的雨水
在我的肉体中停顿
了片刻

妻子和鱼

我怀抱妻子
就像水儿抱鱼
我一边伸出手去
试着摸到小雨水,并且嘴唇开花

而鱼是哑女人
睡在河水下面
常常在做梦中
独自一人死去

我看不见的水
痛苦新鲜的水
淹过手掌和鱼
流入我的嘴唇

水将合拢
爱我的妻子
小雨后失踪
水将合拢

没有人明白她水上
是妻子水下是鱼

或者水上是鱼
水下是妻子

离开妻子我
自己是一只
装满淡水的口袋
在陆地上行走

坛　子

这就是我张开手指所要叙说的事
那洞窟不会在今夜关闭。明天夜晚也不会关闭
额头披满钟声的
土地
一只坛子

我头一次也是最后一次进入这坛子
因为我知道只有一次。
脖颈围着野兽的线条
水流拥抱的
坛子
长出朴实的肉体
这就是我所要叙说的事
我对你这黑色盛水的身体并非没有话说。
敬意由此开始。接触由此开始
这一只坛子，我的土地之上
从野兽演变而出的
秘密的脚。在我自己尝试的锁链之中。
正好我把嘴唇埋在坛子里。河流
糊住四壁。一棵又一棵
栗树像伤疤在周围隐隐出现

而女人似的故乡、双双从水底浮上询问生育之事

思念前生

庄子在水中洗手
洗完了手,手掌上一片寂静
庄子在水中洗身
身子是一匹布
那布上沾满了
水面上漂来漂去的声音

庄子想混入
凝望月亮的野兽
骨头一寸一寸
在肚脐上下
像树枝一样长着

也许庄子是我
摸一摸树皮
开始对自己的身子
亲切
亲切又苦恼
月亮触到我
仿佛我是光着身子
光着身子

进出

母亲如门,对我轻轻开着

打　钟

打钟的声音里皇帝在恋爱
一枝火焰里
皇帝在恋爱

恋爱，印满了红铜兵器的
神秘山谷
又有大鸟扑钟
三丈三尺翅膀
三丈三尺火焰

打钟的声音里皇帝在恋爱
打钟的黄脸汉子
吐了一口鲜血
打钟，打钟
一只神秘生物
头举黄金王冠
走于大野中央

我是你爱人
我是你敌人的女儿
我是义军的女首领
对着铜镜

反复梦见火焰
钟声就是这枝火焰
在众人的包围中
苦心的皇帝在恋爱

房　屋

你在早上
碰落的第一滴露水
肯定和你的爱人有关
你在中午饮马
在一枝青桠下稍立片刻

也和她有关
你在暮色中
坐在屋子里面不动
也是与她有关
你不要不承认

那泥沙相会，那狂风奔走
如巨蚁
那雨天雨地哭得有情有义
而爱情房屋温情地坐着
遮蔽母亲也遮蔽儿子

遮蔽你也遮蔽我

怅望祁连（之一）

那些是在过去死去的马匹
在明天死去的马匹
因为我的存在
它们在今天不死
它们在今天的湖泊里饮水食盐。

天空上的大鸟
从一棵樱桃
或马骷髅中
射下雪来。
于是马匹无比安静
这是我的马匹
它们只在今天的湖泊里饮水食盐

怅望祁连（之二）

星宿　刀　乳房
这就是雪水上流下来的东西
"亡我祁连山，使我牛羊不蕃息
失我胭脂山，令我妇女无颜色"
只有黑色牲畜的尾巴
鸟的尾巴
鱼的尾巴
儿子们脱落的尾巴
像七种蓝星下
插在屁股上的麦芒
风中拂动
雪水中拂动。

村　庄

村庄，在五谷丰盛的村庄，我安顿下来
我顺手摸到的东西越少越好！
珍惜黄昏的村庄，珍惜雨水的村庄
万里无云如同我永恒的悲伤

月　光

今夜美丽的月光　你看多好！
照着月光
饮水和盐的马
和声音

今夜美丽的月光　你看多美丽
羊群中　生命和死亡宁静的声音
我在倾听！

这是一支大地和水的歌谣，月光！

不要说　你是灯中之灯，月光！
不要说心中有一个地方
那是我一直不敢梦见的地方
不要问　桃子对桃花的珍藏
不要问　打麦大地　处女　桂花和村镇
今夜美丽的月光　你看多好！

不要说死亡的烛光何须倾倒
生命依然生长在忧愁的河水上
月光照着月光　月光普照
今夜美丽的月光合在一起流淌

雨

打一支火把走到船外去看山头被雨淋湿的麦地
又弱又小的麦子!

然后在神像前把火把熄灭
我们沉默地靠在一起
你是一个仙女,住在庄园的深处

月亮　你寒冷的火焰穿戴得像一朵鲜花
在南方的天空上游泳
在夜里游泳　越过我的头顶

高地的小村庄又小又贫穷
像一棵麦子
像一把伞
伞中裸体少女沉默不语

贫穷孤独的少女　像女王一样　住在一把伞中
阳光和雨水只能给你尘土和泥泞
你在伞中　躲开一切
拒绝泪水和回忆

敦 煌

敦煌石窟
像马肚子下
挂着一只只木桶
乳汁的声音滴破耳朵——
像远方草原上撕破耳朵的人
来到这最后的山谷
他撕破的耳朵上
悬挂着花朵

敦煌是千年以前
起了大火的森林
在陌生的山谷
在最后的桑林——我交换
食盐和粮食的地方
我筑下岩洞,在死亡之前,画上你
最后一个美男子的形象
为了一只母松鼠
为了一只母蜜蜂
为了让她们在春天再次怀孕

黑夜的献诗
——献给黑夜的女儿

黑夜从大地上升起
遮住了光明的天空
丰收后荒凉的大地
黑夜从你内部上升

你从远方来，我到远方去
遥远的路程经过这里
天空一无所有
为何给我安慰

丰收之后荒凉的大地
人们取走了一年的收成
取走了粮食骑走了马
留在地里的人，埋得很深

草叉闪闪发亮，稻草堆在火上
稻谷堆在黑暗的谷仓
谷仓中太黑暗，太寂静，太丰收
也太荒凉，我在丰收中看到了阎王的眼睛

黑雨滴一样的鸟群

从黄昏飞入黑夜
黑夜一无所有
为何给我安慰

走在路上
放声歌唱
大风刮过山冈
上面是无边的天空

太平洋的献诗

太平洋　劳动后的休息
劳动以前　劳动之中　劳动以后
太平洋是所有的劳动和休息

茫茫太平洋　又混沌又晴朗
和劳动打成一片
和世界打成一片
世界枕太平洋
人类头枕太平洋　雨暴风狂
上帝在太平洋上度过的时光
是茫茫海水隐含不露的希望
母亲和女儿都是太平洋的女儿
太平洋没有父母
在太阳下茫茫流淌
像上帝老人看穿一切的
含泪的目光

今天的太平洋不同以往
今天的太平洋为我闪闪发亮
我的太阳高悬上空　照耀这广阔太平洋

最后一夜和第一日的献诗

今夜你的黑头发
是岩石上寂寞的黑夜
牧羊人用雪白的羊群
填满飞机场周围的黑暗

黑夜比我更早睡去
黑夜是神的伤口
你是我的伤口
羊群和花朵也是岩石的伤口

雪山
用大雪填满飞机场周围的黑暗
雪山女神吃的是野兽穿的是鲜花
今夜　九十九座雪山高出天堂
使我彻夜难眠

春天,十个海子

春天,十个海子全都复活
在光明的景色中
嘲笑这一个野蛮而悲伤的海子
你这么长久地沉睡究竟为了什么?

春天,十个海子低低地怒吼
围着你和我跳舞、唱歌
扯乱你的黑头发,骑上你飞奔而去,尘土飞扬
你被劈开的疼痛在大地弥漫

在春天,野蛮而悲伤的海子
就剩下这一个,最后一个
这是一个黑夜的孩子,沉浸于冬天,倾心死亡
不能自拔,热爱着空虚而寒冷的乡村

那里的谷物高高堆起,遮住了窗户
它们一半而于一家六口人的嘴,吃和胃
一半用于农业,他们自己繁殖
大风从东吹到西,从北刮向南,无视黑夜和黎明
你所说的曙光究竟是什么意思

亚洲铜

亚洲铜,亚洲铜
祖父死在这里,父亲死在这里,我也会死
　在这里
你是惟一的一块埋人的地方

亚洲铜,亚洲铜
爱怀疑和爱飞翔的是鸟,淹没一切的是海水
你的主人却是青草,住在自己细小的腰上,
　守住野花的手掌和秘密

亚洲铜,亚洲铜
看见了吗?那两只白鸽子,它是屈原遗落
　在沙滩上的白鞋子
让我们——我们和河流一起,穿上它吧

亚洲铜,亚洲铜
击鼓之后,我们把在黑暗中跳舞的心脏叫
　做月亮
这月亮主要由你构成

阿尔的太阳[①]
——给我的瘦哥哥

一切我所向着自然创作的,是栗子,从火中取出来的。啊,那些不信仰太阳的人是背弃了神的人。[②]

到南方去
到南方去
你的血液里没有情人和春天
没有月亮
面包甚至都不够
朋友更少
只有一群苦痛的孩子,吞噬一切
瘦哥哥凡·高,凡·高啊
从地下强劲喷出的
火山一样不计后果的
是丝杉和麦田
还是你自己
喷出多余的活命的时间
其实,你的一只眼睛就可以照亮世界
但你还要使用第三只眼,阿尔的太阳

[①] 阿尔系法国南部一小镇,凡·高在此创作了七八十幅画,这是他的黄金时期。海子自注。

[②] 引文摘自凡·高致其弟泰奥书信。

把星空烧成粗糙的河流
把土地烧得旋转
举起黄色的痉挛的手,向日葵
邀请一切火中取栗的人
不要再画基督的橄榄园
要画就画橄榄收获
画强暴的一团火
代替天上的老爷子
洗净生命
红头发的哥哥,喝完苦艾酒
你就开始点这把火吧
烧吧

粮 食

埋着猎人的山冈
是猎人生前惟一的粮食
粮食
是图画中的妻子

西边山上
九只母狼
东边山上
一轮月亮

反复抱过的妻子是枪
枪是沉睡爱情的村庄

歌：阳光打在地上

阳光打在地上
并不见得
我的胸口在疼
疼又怎样
阳光打在地上

这地上
有人埋过羊骨
有人运过箱子、陶瓶和宝石
有人见过牧猪人。那是长久的漂流之后
阳光打在地上。阳光依然打在地上

这地上
少女们多得好像
我真有这么多女儿
真的生下过这么多女儿
真的曾经这样幸福
用一根水勺子
用小豆、菠菜、油菜
把它们养大
阳光打在地上

鱼 筐

孤独是一只鱼筐
是鱼筐中的泉水
放在泉水中

孤独是泉水中睡着的鹿王
梦见的猎鹿人
就是那用鱼筐提水的人

以及其他的孤独
是柏舟中的两个儿子
和所有女儿,围着桑麻
在爱情中失败
他们像鱼筐中的火苗
沉到水底

拉到岸上还是一只鱼筐
孤独不可言说

感　动

早晨是一只花鹿
踩到我额上
世界多么好
山洞里的野花
顺着我的身子
一直烧到天亮
一直烧到洞外
世界多么好

而夜晚，那只花鹿
的主人，早已走入
土地深处，背靠树根
在转移一些
你根本无法看见的幸福
野花从地下
一直烧到地面

野花烧到你脸上
把你烧伤
世界多么好
早晨是山洞中
一只踩人的花鹿

九 月

目击众神死亡的草原上野花一片
远在远方的风比远方更远
我的琴声呜咽　泪水全无
我把这远方的远归还草原
一个叫马头　一个叫马尾
我的琴声呜咽　泪水全无

远方只有在死亡中凝聚野花一片
明月如镜高悬草原映照千年岁月
我的琴声呜咽　泪水全无
只身打马过草原

果　园

鹿的眼
两扇有婴儿啼哭
的窗户。沉积在
有河水的果园中
鹿的角
打下果实
打下果实中
劳动的妇人
体内美如白雪的婴儿
已被果园的火光
烧伤。妇人依然
低坐
比果树
比鹿
比夜晚
更低。更沉
比谷地更黑

自杀者之歌

伏在下午的水中
窗帘一掀一掀
一两根树枝伸过来
肉体,水面的宝石
是对半分裂的瓶子
瓶里的水不能分裂

伏在一具斧子上
像伏在一具琴上

还有绳索
盘在床底下
林间的太阳砍断你
像砍断南风

你把枪打开,独自走回故乡
你像一只鸽子
倒在猩红的篮子上

从六月到十月

六月积水的妇人，囤积月光的妇人
七月的妇人，贩卖棉花的妇人
八月的树下
洗耳朵的妇人
订婚的妇人
订婚的戒指
像口袋里潮湿的小鸡
十月的妇人则在婚礼上
吹熄盘中的火光，一扇扇漆黑的木门
飘落在草原上

死亡之诗

我所能看见的少女
水中的少女
请在麦地之中
清理好我的骨头
如一束芦花的骨头
把他装在箱子里带回

我所能看见的
洁净的妇女,河流上的妇女
请把手伸到麦地中

当我没有希望坐在一束
麦子上回家
请整理好我那零乱的骨头
放入一个红色的小木柜。带回它
像带回你们富裕的嫁妆

但是,不要告诉我
扶着木头,正在干草上晾衣的
妈妈。

五月的麦地

全世界的兄弟们
要在麦地里拥抱
东方,南方,北方和西方
麦地里的四兄弟,好兄弟
回顾往昔
背诵各自的诗歌
要在麦地里拥抱

有时我孤独一人坐下
在五月的麦地　梦想众兄弟
看到家乡的卵石滚满了河滩
黄昏常存弧形的天空
让大地上布满哀伤的村庄
有时我孤独一人坐在麦地为众兄弟背诵中国诗歌
没有了眼睛也没有了嘴唇

祖国（或以梦为马）

我要做远方的忠诚的儿子
和物质的短暂情人
和所有以梦为马的诗人一样
我不得不和烈士和小丑走在同一道路上

万人都要将火熄灭　我一人独将此火
高高举起
此火为大　开花落英于神圣的祖国
和所有以梦为马的诗人一样
我借此火得度一生的茫茫黑夜

此火为大　祖国的语言和乱石投筑的
梁山城寨
以梦为上的敦煌——那七月也会
寒冷的骨骼
如雪白的柴和坚硬的条条白雪　横放在众
　神之山
和所有以梦为马的诗人一样
我投入此火　这三者是囚禁我的灯盏　吐
　出光辉

万人都要从我刀口走过　去建筑

祖国的语言
我甘愿一切从头开始
和所有以梦为马的诗人一样
我也愿将牢底坐穿

众神创造物中只有我最易朽　带着不可抗
　　拒的死亡的速度
只有粮食是我珍爱　我将她紧紧抱住　抱
　　住她在故乡生儿育女
和所有以梦为马的诗人一样
我也愿将自己埋葬在四周高高的山上　守
　　望平静的家园

面对大河我无限惭愧
我年华虚度　空有一身疲倦
和所有以梦为马的诗人一样
岁月易逝　一滴不剩　水滴中有一匹马儿
　　一命归天

千年后如若我再生于祖国的河岸
千年后我再次拥有中国的稻田　和周天子
　　的雪山　天马踢踏
和所有以梦为马的诗人一样
我选择永恒的事业

我的事业　就是要成为太阳的一生
他从古至今——"日"——他无比辉煌无
　　比光明
和所有以梦为马的诗人一样

最后我被黄昏的众神抬入不朽的太阳

太阳是我的名字
太阳是我的一生
太阳的山顶埋葬　诗歌的尸体——千年王
　国和我
骑着五千年凤凰和名字叫"马"的龙
　　　——我必将失败
但诗歌本身以太阳必将胜利

日 记

姐姐,今夜我在德令哈,夜色笼罩
姐姐,我今夜只有戈壁

草原尽头我两手空空
悲痛时握不住一颗泪滴
姐姐,今夜我在德令哈
这是雨水中一座荒凉的城

除了那些路过的和居住的
德令哈……今夜
这是惟一的,最后的,抒情。
这是惟一的,最后的,草原。

我把石头还给石头
让胜利的胜利
今夜青稞只属于她自己
一切都在生长
今夜我只有美丽的戈壁　空空
姐姐,今夜我不关心人类,我只想你

两座村庄

和平与情欲的村庄
诗的村庄
村庄母亲昙花一现
村庄母亲美丽绝伦

五月的麦地上天鹅的村庄
沉默孤独的村庄
一个在前一个在后
这就是普希金和我　诞生的地方

风吹在村庄
风吹在海子的村庄
风吹在村庄的风上
有一阵新鲜有一阵久远

北方星光照映南国星座
村庄母亲怀抱中的普希金和我
闺女和鱼群的诗人安睡在雨滴中
是雨滴就会死亡！

夜里风大　听风吹在村庄
村庄静坐　像黑漆漆的财宝

两座村庄隔河而睡
海子的村庄睡得更沉

十四行： 王冠

我所热爱的少女
河流的少女
头发变成了树叶
两臂变成了树干
你既然不能做我的妻子
你一定要成为我的王冠
我将和人间的伟大诗人一同佩戴
用你美丽的叶子缠绕我的竖琴和箭袋

秋天的屋顶、时间的重量
秋天又苦又香
使石头开花　像一顶王冠

秋天的屋顶又苦又香
空中弥漫着一顶王冠
被劈开的月桂和扁桃和苦香

麦子熟了

那一年　兰州一带的新麦
熟了

在回家的路上
在水面上混了三十多年的父亲还家了

坐着羊皮筏子
回家来了

有人背着粮食
夜里推门进来

灯前
认清是三叔

老哥俩
一宵无言

半尺厚的黄土
麦子熟了

死亡之诗（之一）

漆黑的夜里有一种笑声笑断我坟墓的木板
你可知道。这是一片埋葬老虎的土地

正当水面上渡过一只火红的老虎
你的笑声使河流漂浮
的老虎
断了两根骨头
正当这条河流开始在存有笑声的黑夜里结冰
断腿的老虎顺河而下，来到我的
窗前。

一块埋葬老虎的木板
被一种笑声笑断两截

死亡之诗（之三：采摘葵花）
——给凡·高的小叙事诗

雨夜偷牛的人
爬进了我的窗户
在我做梦的身子上
采摘葵花

我仍在沉睡
在我睡梦的身子上
开放了彩色的葵花
那双采摘的手
仍像葵花田中
美丽笨拙的鸭子。

雨夜偷牛的人
把我从人类
身体中偷走。
我仍在沉睡。
我被带到身体之外
葵花之外。我是世界上
第一头母牛（死的皇后）
我觉得自己很美
我仍在沉睡。

雨夜偷牛的人
于是非常高兴
自己变成了另外的彩色母牛
在我的身体中
兴高采烈地奔跑

重建家园

在水上　放弃智慧
停止仰望长空
为了生存你要流下屈辱的泪水
来浇灌家乡平静的果园

生存无须洞察
大地自己呈现
用幸福也用痛苦
来重建家乡的屋顶

放弃沉思和智慧
如果不能带来麦粒
请对诚实的大地
保持缄默　和你那幽暗的本性

风吹炊烟
果园就在我身旁静静叫喊
"双手劳动
慰藉心灵"

询　问

在青麦地上跑着
雪和太阳的光芒

诗人，你无力偿还
麦地和光芒的情义
一种愿望
一种善良
你无力偿还

你无力偿还
一颗放射光芒的星辰
在你头顶寂寞燃烧

答 复

麦地
别人看见你
觉得你温暖,美丽
我则站在你痛苦质问的中心
　　　被你灼伤
我站在太阳　痛苦的芒上

麦地
神秘的质问者啊

当我痛苦地站在你的面前
你不能说我一无所有
你不能说我两手空空

明天醒来我会在哪一只鞋子里

我想我已经够小心翼翼的
我的脚趾正好十个
我的手指正好十个
我生下来时哭几声
我死去时别人又哭
我不声不响地
带来自己这个包袱
尽管我不喜爱自己
但我还是悄悄打开

我在黄昏时坐在地球上
我这样说并不表明晚上
我就不在地球上　早上同样
地球在你屁股下
结结实实
老不死的地球你好

或者我干脆就是树枝
我以前睡在黑暗的壳里
我的脑袋就是我的边疆
就是一颗梨
在我成形之前

我是知冷知热的白花

或者我的脑袋是一只猫
安放在肩膀上
造我的女主人荷月远去
成群的阳光照着大猫小猫
我的呼吸
一直在证明
树叶飘飘

我不能放弃幸福
或相反
我以痛苦为生
埋葬半截
来到村口或山上
我盯住人们死看:
呀,生硬的黄土　人丁兴旺

海水没顶

原始的妈妈
躲避一位农民
把他的柴刀丢在地里
把自己的婴儿溺死井中
田地任其荒芜

灯上我恍惚遇见这个灵魂
跳上大海而去
大海在粮仓上汹涌
似乎我和我的父亲
雪白的头发在燃烧

七月的大海

老乡们,谁能在海上见到你们真是幸福!
我们全都背叛自己的故乡
我们会把幸福当成祖传的职业
放下手中痛苦的诗篇

今天的白浪真大!老乡们,他高过你们的粮仓
如果我中止诉说,如果我意外地忘却了你
把我自己的故乡抛在一边
我连自己都放弃　更不会回到秋收　农民的家中

在七月我总能突然回到荒凉
赶上最后一次
我戴上帽子　穿上泳装　安静地死亡
在七月我总能突然回到荒凉

吊半坡并给擅入都市的农民

我
径直走入
潮湿的泥土
堆起小小的农民
——对粮食的嘴
停留在西安　多少都城的外围
多少次擅入都市
像水　血和酒
——这些农夫的车辆
运送着河流、生命和欲望

而俘虏回乡　盲目的语言只有血和命
自由的血也有死亡的血
智慧的血也有罪恶的血

父亲是死在西安的血
父亲是粮食
和丑陋的酿造者
一对粮食的嘴
唱歌的嘴　食盐的嘴　填充河岸的嘴
朝向无穷的半坡
黏土守着黏土之上小小的陶器作坊

一条肤浅而粗暴的
沟外站立文明

瓮内的白骨上飞走了那些美丽少女
半坡啊——再说——受孕也不是我一个人的果实
实在需要死亡的配合

风很美

风很美
小小的风很美
自然界的乳房很美
水很美
水啊
无人和你
说话的时刻很美

七月不远
——给青海湖，请熄灭我的爱情

七月不远
性别的诞生不远
爱情不远——马鼻子下
湖泊含盐

因此青海不远
湖畔一捆捆蜂箱
使我显得凄凄迷人
青草开满鲜花。

青海湖上
我的孤独如天堂的马匹
（因此，天堂的马匹不远）

我就是那个情种：诗中吟唱的野花
天堂的马肚子里惟一含毒的野花
（青海湖，请熄灭我的爱情！）

野花青梗不远，医箱内古老姓氏不远
（其他的浪子，治好了疾病
已回原籍，我这就想去见你们）

名家作品精选

因此跋山涉水死亡不远
骨骼挂遍我身体
如同蓝色水上的树枝

啊!青海湖,暮色苍茫的水面
一切如在眼前!

只有五月生命的鸟群早已飞去
只有饮我宝石的头一只鸟早已飞去
只剩下青海湖,这宝石的尸体
暮色苍茫的水面

浑 曲

妹呀

竹子胎中的儿子
木头胎中的儿子
就是你满头秀发的新郎

妹呀

晴天的儿子
雨天的儿子
就是滚遍你身体的新娘

妹呀

吐出香鱼的嘴唇
航海人花园一样的嘴唇
就是咬住你的嘴唇

在泥土里

谷仓中的嘤嘤之声
萨福萨福

亲我一下

你装饰额角的诗歌何其甘美
你凋零的棺木像一盘美丽的棋局。

给萨福

美丽如同花园的女诗人们
相互热爱,坐在谷仓中
用一只嘴唇摘取另一只嘴唇

我听见青年中时时传言道:萨福

一只失群的
钥匙下的绿鹅
一样的名字。盖住
我的杯子
托斯卡尔的美丽的女儿
草药和黎明的女儿
执杯者的女儿

你野花
的名字。
就像蓝色冰块上
淡蓝色水清的溢出

萨福萨福
红色的云缠在头上
嘴唇染红了每一只飞过的鸟儿

你散着身体香味的
鞋带被风吹断

我请求：雨

我请求熄灭
生铁的光、爱人的光和阳光
我请求下雨
我请求
在夜里死去

我请求在早上
你碰见
埋我的人

岁月的尘埃无边
秋天
我请求：
下一场雨
洗清我的骨头

我的眼睛合上
我请求：
雨
雨是一生过错
雨是悲欢离合

秋（外二首）

用我们横陈于地的骸骨
在沙滩上写下：青春。然后背起衰老的父亲
时日漫长　方向中断
动物般的恐惧充塞着我们的诗歌

谁的声音能抵达秋之子夜　长久喧响
掩盖我们横陈于地的骸骨——
秋已来临
没有丝毫的宽恕和温情：秋已来临

八月之杯

八月逝去　山峦清晰
河水平滑起伏
此刻才见天空
天空高过往日

有时我想过
八月之杯中安坐真正的诗人
仰视来去不定的云朵
也许我一辈子也不会将你看清
一只空杯子　装满了我撕碎的诗行

一只空杯子——可曾听见我的叫喊！
一只空杯子内的父亲啊
内心的鞭子将我们绑在一起抽打

秋

秋天深了，神的家中鹰在集合
神的故乡鹰在言语
秋天深了，王在写诗
在这个世界上秋天深了
得到的尚未得到
该丧失的早已丧失

幸福一日　致秋天的花楸树

我无限地热爱着新的一日
今天的太阳　今天的马　今天的花楸树
使我健康　富足　拥有一生

从黎明到黄昏
阳光充足
胜过一切过去的诗
幸福找到我
幸福说："瞧　这个诗人
他比我本人还要幸福"

在劈开了我的秋天
在劈开了我的骨头的秋天
我爱你，花楸树

月

炊烟上下
月亮是掘井的白猿
月亮是惨笑的河流上的白猿

多少回天上的伤口淌血
白猿流过钟楼
流过南方老人的头顶

掘井的白猿
村庄喂养的白猿
月亮是惨笑的白猿
月亮自己心碎
月亮早已心碎

歌或哭

我把包袱埋在果树下
我是在马厩里歌唱
是在歌唱

木床上病中的亲属
我只为你歌唱
你坐在拖鞋上
像一只白羊默念拖着尾巴的
另一只白羊
你说你孤独
就像很久以前
火星照耀十三个州府
你那种孤独
你在夜里哭着
像一只木头一样哭着
像花色的土散着香气

我的窗户里埋着一只为你祝福的杯子

那是我最后一次想起中午
那是我沉下海水的尸体
回忆起的一个普通的中午

记得那个美丽的
穿着花布的人
抱着一扇木门
夜里被雪漂走

梦中的双手
死死捏住火种

八条大水中
高喊着爱人

小林神,小林神
你在哪里

海 子
作品精选

长诗

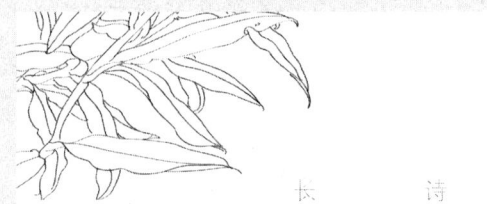

长诗

传　说
　　——献给中国大地上为史诗而努力的人们

　　在隐隐约约的远方,有我们的源头,大鹏鸟和猩日白光。西方和南方的风上一只只明亮的眼睛瞩望着我们。回忆和遗忘都是久远的。对着这块千百年来始终沉默的天空,我们不回答,只生活。这是老老实实的、悠长的生活。磨难中句子变得简洁而短促。那些平静淡泊的山林在绢纸上闪烁出灯火与古道。西望长安,我们一起活过了这么长的年头,有时真想问一声:亲人啊,你们是怎么过来的,甚至甘愿陪着你们一起陷入深深的沉默。但现在我不能。那些民间主题无数次在梦中凸现。为你们的生存作证,是他的义务,是诗的良心。时光与日子各各不同,而诗则提供一个瞬间。让一切人成为一切人的同时代人,无论是生者还是死者。

　　……走出心灵要比走进心灵更难。史诗是一种明澈的客观。在他身上,心灵娇柔夸张的翅膀已蜕去,只剩下肩胛骨上的节疤和一双大脚。走向他,走向地层和实体,还是一项艰难的任务,就像通常所说的那样——就从这里开始吧。

一、老人们

> 白日落西海
> ——李白

黄昏，盆地漏出的箫声
在老人的衣袂上
寻找一块岸
向你告别

我们是残剩下的
是从白天挑选出的
为了证明夜晚确实存在
而聚集着
白花和松叶纷纷搭在胳膊上
再喝一口水
脚下紫色的野草就要长起
在我们的脖子间温驯地长起
群山滑过我们的额头
一条陈旧的山冈
深不可测
传说有一次传说我们很快就会回来
脚趾死死抠住红泥
头抵着树林
为了在秋天和冬天让人回忆
为了女儿的暗喜
为了黎明寂寞而痛楚
那么多夜晚被纳入我们的心

我不需要暗绿的牙齿
我不是月亮
我不在草原上独吞狼群
老人的叫声
弥漫原野

活着的时候
我长着一头含蓄的头发
烟叶是干旱
月光是水
轮流度过漫漫长夜
村庄啊，我悲欢离合的小河
现在我要睡了，睡了
把你们的墓地和膝盖给我
那些喂养我的黏土
在我的脸上开满花朵
再一次向你告别
发现那么多布满原野的小斑
秦岭上的大风和茅草
趴在老人的脊背上
我终于没能弄清
肉体是一个谜

向你告别
没有一只鸟划破坟村的波浪
没有一场舞蹈能完成顿悟
太阳总不肯原谅我们
日子总不肯原谅我们
墙壁赶在复活之前解释一切

中国的负重的牛
就这样留下记忆
向你告别
到一个背风的地方
去和沉默者交谈
请你把手伸进我的眼睛里
摸出青铜和小麦
兵马俑说出很久以前的密语

悔恨的手指将逐渐停留
在老人们死去之后
在孩子们幸福之前
仅仅剩下我一只头颅,劳动
和流泪支撑着
而阳光和雨水在西斜中像许多
　晾在田野上的衣裳
被无数人穿过
只有我依旧
向你告别
我在沙里
为自己和未来的昆虫寻找文字
寻找另一种可以飞翔的食物
而黄土,黄土奋力埋尽了你们,长河落日
把你们的手伸给我
后来张开的嘴
用你们乌黑的种子填入
谷仓立在田野上
不需要抬头
手伸出就结了叶子

甚至不需要告别
不需要埋葬

老人啊,你们依然活着
要继续活下去
一枝总要落下的花
向下扎
两枝就会延伸为根

二、民间歌谣

行到水穷处
坐看云起时
　　——王维

平原上的植物是三尺长的传说
果实滚到
大喜大悲
那秦腔,那唢呐
像谷地里乍起的风
想起了从前……
　　人间的道理
　　父母的道理
使我们无端地想哭
月亮与我们空洞的神交
太阳长久的熏黑额壁
女人和孩子伸出的手
都是歌谣,民间歌谣啊
十支难忍的神箭

在袖口下
平静地长成
没有一位牧人不在夜晚瘦成孤单的树
没有一支解脱的歌
聚集在木头上的人们
突然撤向大平原
像谷地里　乍起的风

茑与女萝
平静地中断情爱
马兰花没有在婚礼上实现
歌手再次离开我们
孤独地成为
人间最深处
秘密的饮者，有福的饮者
穷尽了一切
聚集在笛孔上的人群
突然撤向大平原
稻米之炊
忍住我的泪水
秦腔啊，你是惟一一只哺育我的乳头
秦腔啊是我的血缘
哭从来都是直接的
支支唢呐
在雪地上久别未归
被当成紫红的果实
在牛车与亲人中
悄悄传进城里

我是千根火脉
我是一堆陶土
梦见黑杯、牧草、宇宙
梦见红酋和精角的公牛
　　千年万年
是我为你们无休止的梦见
　　黄水
　　破门而入

编钟，闪过密林的船桅
又一次
我把众人撞沉在永恒之河中

我们倒向炕头
老奶奶那只悠长的歌谣
扯起来了
昊天啊，黄鸟啊，谷乔啊
扯起来了
泡在古老的油里
根是一盏最黑最明的灯
我坐着
坐在自己简朴的愿望里
喝水的动作
唱歌的动作
在移动和传播中逐渐神圣
成为永不叙说的业绩
穷人轮流替我抚养儿女
石匠们沿着河岸
立起洞窟

一尊尊幸福的真身哪
我们同住在民间的天空下
歌谣的天下

三、平常人诞生的故乡

天长地久
　　——老子

隐隐约约出现了平常人诞生的故乡
北方的七座山上
有我们的墓画和自尊心
农业只有胜利
战争只有失败
为了认识
为了和陌生人跳舞
隐隐约约出现了平常人诞生的故乡
啊，城
南岸的那些城
饥荒、日食、异人
一次次把你的面孔照亮
化石一次次把你掩埋
你在自己的手掌上
城门上
刻满一对双生子的故事
隐隐约约出现了平常人诞生的故乡
小羊一只又一只
在你巨大的覆盖下长眠
夜晚无可挽回的清澈

荆棘反复使我迷失方向
乌鸦再没有飞去
太阳再没有飞去
一个静止的手势
在古老的房子内搁浅
啊,我们属于秋天。秋天
只有走向一场严冬
才能康复
隐隐约约出现了平常人诞生的故乡
我想起在乡下和母亲一起过着的日子
野菜是第一阵春天的颤抖
踏着碎瓷
人们走向越来越坦然的谈话
兄弟们在我来临的道路上成婚
一麻布口袋种子
抬到了墙角
望望西边
森林是雨水的演奏者
太阳是高大的民间艺人
隐隐约约出现了平常人诞生的故乡
空谷里
一匹响鼻的白驹
暂时还没有被群山承认
有人骑鹤奔野山林而去
只有小小的堤坝
在门前拦住
清澈的目光
在头顶上变成浮云飘荡
让人们含泪思念

抚掌观看
隐隐约约出现了平常人诞生的故乡
那是叔叔和弟弟的故乡
是妻子和妹妹的故乡
土地折磨着一些黑头发的孤岛
扑不起来
大雁栖处
草籽沾血
高岸为谷，深谷为陵
四匹骆驼
在沙漠中
苦苦支撑着四个方向
他们死死不肯原谅我们
上路去、上路去
群峰葬着温暖的雨云
隐隐约约出现了平常人诞生的故乡

四、沉思的中国门

静而圣
动而王
　　——庄子

青麒麟放出白光
三个夜晚放出白光
梧桐栖凤
今天生出三只连体动物
　　在天之翅
　　在水之灵

    在地之根

神思，沉思，神思
因此我陷入更深的东方
兄弟们依次狰狞或慈祥
一只红鞋
给菩萨穿上
合掌
有一道穿透石英的强光
她安详的彩虹
自然之莲
土地。句子。遍地的生命
和苦难
赶着我们
走向云朵和南方的沉默
井壁闪过寒光的宝塔
软体的生命
美丽地爬行
盛夏中原就这么过了
没有任何冒险
庄稼比汉唐陷入更深的沉思
不知是谁
把我们命名为淡忘的人
我们却把他永久地挂在心上
在困苦中
和困苦保持一段距离

我们沉思
我们始终用头发抓紧水分和泥
一个想法就是一个肉胎

名家作品精选

没有更多的民间故事
远方的城塌了
我们就把儿子们送来
然后沿着运河拉纤回去
载舟覆舟
他们说
他们在心上铸造了铜鼎
我们造成了一次永久的失误

像是在微笑时分
墙
挡住无数的文字和昆虫
灯和泥浆
一直在渴望澄清
他从印度背来经书
九层天空下
大佛泥胎的手
突然穿过冬天
在晨光登临的小径上漫步
忏悔
出其不意地惊醒众人
也埋葬了众人
中国人的沉思是另一扇门
父亲身边走着做梦的小庄子
窗口和野鹤
是天空的两个守门人
中国人,不习惯灯火
夜晚我用呼吸
点燃星辰

中国的山上没有矿苗
只有诗僧和一泓又一泓的清泉
北方的木屋外
只有松树和梅
人们在沙地上互相问好
在种植时
按响断碑流星
和过去的人们打一个照面
最后在河面上
留下笔墨
一只只太史公的黑色鱼游动着
啊，记住，未来请记住
排天的浊浪是我们惟一的根基

啊，沉思，神思
山川悠悠
道长长
云远远
高原滑向边疆
如我明澈的爱人
在歌唱
其实是沉默
沉默打在嘴唇上
明年长出更多的沉默

你们抚摸自己头颅的手为什么要抬得那么高？
你们的灶火为什么总是烧得那么热？
粮食为什么流泪？河流为什么是脚印？
屋梁为什么没有架起？凝视为什么永恒？

弥赛亚（节选）

（《太阳》中天堂大合唱）

> 但是这并不意味着它是一首"诗"——它不是。
> ——斯宾格勒

献　诗

谨用此太阳献给新的纪元！献给真理！
谨用这首长诗献给他的即将诞生的新的诗神！

献给新时代的曙光
献给青春

献　诗

天空在海水上
奉献出自己真理的面容
这是曙光和黎明
这是新的一日
阳光从天而降穿透了海水，太阳！
在我的诗中，暂时停住你的脚步
让我用回忆和歌声撒上你金光闪闪的车轮

让我用生命铺在你的脚下,为一切阳光开路
献给你,我的这首用尽了天空和海水的长诗

让我再回到昨天
诗神降临的夜晚
雨雪下在大海上
从天而降,1982
我年刚十八,胸怀憧憬
背着一个受伤的陌生人
去寻找天堂,去寻找生命
却来到这里,来到这个夜晚
1988年11月21日诗神降临

这个陌生人是我们的世界
是我们的父兄,停在我们的血肉中
这个陌生人是个老人
奄奄一息,双目失明
几乎没有任何体温
他身上空无一人
我只能用血喂养
他这神奇的老骨头
世界的鲜血变成的马和琴

雨雪下在大海上
1988年11月21日
我背着这个年老盲目的陌生人
来到这里,来到这个
世界的夜晚和中心,空无一人
一座山上通天堂,下抵地府

坐落在大沙漠的一片废墟
1985年,我和他和太阳
三人遇见并参加了宇宙的诞生。

宇宙的诞生也就是我的诞生
雨雪下在黑夜的大海上
在路上,他变成许多人,与我相识,擦肩而过
甚至变成了我,但他还是他。
他一边唱着,我同时也在经历
这全是我们三人的经历
在世界和我的身上,已分不清
哪儿是言语哪儿是经历
我现在还仍然置身其中。
在岩石的腹中
岩石的内脏
忽然空了,忽然不翼而飞
加重了四周岩石的质量
碎石纷飞,我的手稿
更深的埋葬,火的内心充满回忆
把语言更深的埋葬
没有意义的声音
传自岩石的内脏。

天空
巨石围成
中间的空虚
中间飞走的部分
不可追回的
也不能后悔的部分

似乎我们刚从那里
逃离、安顿在
附近的岩石

1985,有一天,是在秋冬交替
岩石的内脏忽然没有了
那就是天空　天空　天空
突然的　不期而来的
不能明了的,交给你的
砍断你自己的
用尽你一生的海水上的天空
天空,没有获得
他自己的内容

我召唤
中间的沉默　和逃走的大神
我这满怀悲痛的世界
中间空虚地逃走的是天空
巨石围在了四周
我尽情地召唤:1988,抛下了弓箭
拾起了那颗头颅
放在天空上滚动
太阳!你可听见天空上秘密的灭绝人类的对话

我召唤:1985!巨石自动前来
堆砌一片,围住了天空上
千万道爆炸的火流　火狂舞着飞向天空
死去的　死去的　死去的
是那些阻止他的人,1988

突然像一颗头颅升出地面
大地裂开了一个口子
天空突然（？）了岩石　化身为人
血液说话，烈火说话：1988，1988

升出大海
在一片大水
高声叫喊"我自己"！
　　　　　"世界和我自己"！
他就醒来了。
喊　喊着"我自己"
召唤那秘密的
沉寂的，内在的
世界和我！召唤，召唤

半岛和岛屿上十七位国王，听着
从回声长出了原先主人的声音
主人在召唤，开始只是一片混乱的回声
一只号角内部漆黑，是全部世界
号角的主人召唤世界和自己
大海苍茫，群山四起，地狱幽暗，天堂遥远
阳光从天而降，一片混乱的回声
所有的人类似乎只有一个人
那就是主人，坐在太阳孤独的公社里。
黎明时分
　　　　"我自己"
新的"我自己"
石头也不能分享
在可说的这一切

在说话的内部
石头也不能分享
这是新的一日
这是曙光降临时的歌声
"我原是一个喝醉了酒的农奴
被接上了天空,我原是混沌的父亲
是原始的天空上第一滴宰杀的血液
自我逃避,自我沉醉,自我辩护
我不应该背上这个流泪的老盲人
补锅,磨刀,卖马,偷马,卖马
我不应该抱着整夜抱着枪和竖琴
成为诗人和首领,阳光从天而降穿透了海水
献给你,我的这首用尽了生命和世界的长诗

回忆女神尖叫着
生下了什么
生下了我
相遇在上帝的群山
相遇在曙光中
太阳出来之前
这么多
这么多
　　　晨曦从天而降

我接受我自己
这天空
这世界的金火
破碎　凌乱　金光已尽
接受这本肮脏之书

 名家作品精选

杀人之书世界之书
接受这世界最后的金光
我虚心接受我自己
任太阳驱散黎明

太阳驱散黎明
移动我的诗
　　号角召唤
无头的人
从铁匠铺
抱走了头颅
无头的人怀抱他粗笨的头颅
几乎不能掩盖
在曙光中一切显示出来。
世界和我
快歌唱吧！

"在曙光中
抱头上天
太阳砍下自己的刀剑
太阳听见自己的歌声"

昔日大火照耀
火光中心　雨雪纷纷
曙光中心　曙光抱头上天
肮脏的书中杀人的书中
此刻剩下的只有奉献和歌声
移动我的诗　登上天梯
那无头的黎明　怀抱十日一齐上天

登上艰难的　这个世纪
这新的天空

这新的天空回首望去：
旧世界雨雪下在大海上。
此刻曙光中，岩石抬起头来一起向上看去。
火光中心雨雪纷纷我无头来其中
人们叫我黎明：我只带来了奉献和歌声

火光中心雨雪纷纷我无头来其中
通向天空的火光中心雨雪纷纷。
肮脏的书杀人的书戴上了我的头骨
因为血液稠密而看不清别的

这是新的世界和我，此刻也只有奉献和歌声
在此之前我写下了这几十个世纪最后的一首诗
并从此出发将它抛弃，就是太阳抛下了黎明
曙光会知道我和太阳的目的地，太阳和我！
献给你，我的这首用尽了天空和海水的长诗

太　阳

（第一合唱部分：秘密谈话）
　　　　　　第四手稿
——（"世界起源于一场秘密谈话"）
放置在　献诗　前面的　一次秘密谈话
人物：铁匠、石匠、打柴人、猎人、火

秘密谈话

打柴人这一天
从人类的树林
砍来树木,找到天梯
然后从天梯走回天堂
他坐下,把他们
投入火中,使火幸福
在天堂,打柴人和火
开始了我记在下面的
一次秘密谈话

正在这时有铁匠、石匠、猎人、卖酒人
和一个叫"二十一"的,经常在天梯上下
他们来去匆匆,谈话时而长时而简短
无论是谁与谁在天梯上相遇
都会谈上他们心中的幻象。
正是这些天梯上的谈话声遮住了
天堂中打柴人与火的谈话声

因此我没有听见什么
或者说听见不多。

天堂里打柴人与火的秘密谈话

打柴人

记得在黑暗混沌
一个空虚的大城
分不清我与你
都融合在我之中
我还没有醒来
睡得像空虚。

火

在我内部
有另一个
微弱的我
在呼喊
在召唤
召唤他自己

打柴人

第一日开劈了我与你
我从你身上走下
我从你内部走到外部
看到了我自己的眼睛

火

打柴人和火,彼此照亮
旋即认清了对方的面容

并在你的眼睛里
长出了我的身体

打柴人

我与你彼此为证
互为食物和夫妻
我与你相依为命
内脏有着第一日
一劈为二的痕迹
　　　　（天梯上传来老石匠的呼喊：）
天空运送的　是一片废墟
我和太阳　在天空上运送
这壮观的　毁灭的　无人的废墟

我高声询问：
　　　又有谁在？

难道全在大火中死光了
　　　　又有谁在？

我背负一片不可测量的废墟
　　四周是深渊　看不见底
我多么期望　我的内部有人呼应
　　　　又有谁在？

我在天空深处
　　高声询问
　　　　谁在？
我背负天空

我内部
背负天空
我内部着火的废墟
越来越沉
我只有沉沦
更深地陷落

灭绝的大地
四季生长
无人回答
我是父母,但没有子孙
一片空虚
    又有谁在?

天空的门
紧紧地关着
没有人进来也没有人出去
没有人上来也没有人下去
海水和天空
我内心着火的废墟　广阔地涌动
这全部的大火在我的背脊上就要凝固
这全部的天空
在我内部
就要关闭

一万种暴力
没有头颅
坐在海底
站在天空上呼喊

名家作品精选

这全部的天空今天
在我内部就要关闭

减轻人类的痛苦
降低人类的声音
天空如此寂静
就要关闭
　　　　又有谁在？

闪电大雷
这燃烧的
从天而降的
　　亮得像狰狞的白骨
　　红得像雨中的大血
　　响得就是夺命的鼓！
又有谁在？

寂静的天空你
封闭的内部
是吼叫的废墟

大海　突然停顿在上空
突然停顿在我的头顶
关闭了所有的天空
天地马上就要
不复存在

天空
轰轰倒下

葬在　没有头颅的大海
这哪是天空
只是天空的碎片
五脏缠绕着
　　　这天空的碎片
　　　　这没有头颅的大海
　　　　　这三位大地的导师
五脏缠绕着你们
　　　召唤你们
　　　轰炸你们
这一种爆炸中
又有谁在？

八面天空
有七面封闭
剩下那
最后的
末日的
火光照亮的
一面废墟
也要关闭
孩子　那些孩子们呢
我用全部世界换来的
那些孩子呢
最后的天空就要关上
孩子呢　又有谁在？

我站在天梯上
看见我半开半合的天空

名家作品精选

这八面天空的最后一面
我看见这天空即将合上
我看见这天空已经合上

从天空迈出一步
三千儿童
三千孩子
三千赤子
被一位无头英雄
领着杀下了天空
从天空迈出一步
那位无头英雄
领着孩子们降临大地
正是黄昏时分
无头英雄手指落日
手指落日和天空
眼含尘土和热血
扶着马头倒下

我在天空深处高声询问　谁在？

我
从天空中站起来呼喊
又有谁在？

最后一个灵魂
这一天黄昏
天空即将封闭
身背弓箭的最后一个灵魂

这位领着三千儿童杀下天空的无头英雄
眼含热泪指着我背负的这片燃烧的废墟
这标志天堂关闭的大火
对他的儿子们说,那是太阳

孩子们,三千孩子活不下多少
三千孩子记住了多少
孩子们,听见了吗
这降临到大地上后
你们听到的第一个
属于大地也属于天空
的声音:孩子们,听见了吗,那是太阳

太阳

无头的灵魂
英雄的灵魂
灵魂啊,不要躲开大地
　要躲开这大地的尘土
大地的气息大地的生命
灵魂啊,不要躲开你自己
不要躲开已降到大地的你自己
你为何要匆匆而来又匆匆而去
扶着你骑过万年的天空飞马的头颅
你为什么要倒下　你为什么这么快地离去
你再也不能离去

莫非你不能适应大地
你这无头的英雄

名家作品精选

天空已对你关闭
你将要埋在大地
你不能适应的大地
将第一个埋葬你

灵魂啊,不要躲开
我问你,你的儿子们
活下去了吗?

我站在天梯
目睹这一切
我在天空深处
高声询问
谁在?

从天空中站起来呼喊
又有谁在?

大地上充满了孩子的欢乐,也传到天堂
(这时刻天堂中打柴人和火
抛开了秘密谈话,高声歌唱
歌唱青春——那位无头英雄
大合唱:献给曙光女神　献给青春的诗)

青春迎面走来
成为我和大地
开天辟地
世界必然破碎

青春迎面走来
世界必然破碎
天堂欢聚一堂又骤然分开
齐声欢呼　青春　青春
青春迎面走来
成为我和世界

天地突然获得青春
这秘密传遍世界，获得世界
也将世界猛地劈开
天堂的烈火，长出了人形
这是青春　依然坐在大火中
一轮巨斧劈开
世界碎成千万
手中突然获得
曙光是谁的天才

先是幻象千万
后是真理惟一
青春就是真理
青春就是刀锋
石头围住天空
青春降临大地
　　如此单纯
　　　　　　　打柴人
　　　　　　　在火光中
在火光中　我跟不上那孤独的
独自前进的、主要的思想
在火光中我跟不上自己那孤独的

没有受到关怀的、主要的思想
我手中的都已抛弃
但没有到达他们自己所在的地方
剩下的我紧握手中
他们都不在这里
而紧紧跟上了被抛向远方的伙伴。

在长长的,孤独的光线中
只有主要的在前进
只有主要的仍然在前进
没有伙伴
没有他自己的伙伴
也没有受到天地的关怀

在长长的、孤独的光线中
只有荒凉纯洁的沙漠火光
紧跟他的思想
只有荒凉的沙漠之火
热爱他,紧跟他的脚步
在火光中,我跟不上自己那孤独的
独自前进的,主要的思想
我跟不上自己快如闪电的思想
在火光中,我跟不上自己的景象
我的生命已经盲目
在火光中,我的生命跟不上自己的景象

在长长的、孤独的光线中
两块野蛮的石头
永远地放走了他自己的飞鸟

在火光中
我跟不上自己的景象
打柴人
在火中我的双脚变成了一只舌头
举起心脏，摔碎在太阳的鼓面
鼓手终于在火中像火一样笑了
像火一样寂寞，像火一样热闹
天堂之火的腹部携带着我和你
在火中我的舌头变成了两只大脚。
我在吐火
我长出一万个头颅
每只头颅伸出一只手
牵着一个兽头
那也是一只万头之兽
他也在吐火

我们一齐吐火

这火一直从天堂
挂到大地和海水
火
青春
贯穿了
我

青春！蒙古！青春！
上帝坐在冬天无限的太空
面朝地穴三万六千　年岁十二　人口亿万
六百车轴旋转　不避疯狂　天空万有

天空以万有高喊万有
面朝地穴在旷野大火之上呼喊：蒙古！蒙古！
马骨十万八千为船，人头十万八千为帆
一阵长风吹过
上书"灭绝人类和世界"

夜　歌

　　天梯上的夜歌，天堂的夜歌

天梯上的夜歌
　天堂的夜歌
夜歌歌唱了我
弓箭放下，
我画出山坡
太阳放下弓箭
夜晚画出山坡

一群群哑巴
头戴牢房
身穿铁条和火
坐在黑夜山坡
一群群哑巴
高唱黑夜之歌
这是我的夜歌

这是我的夜歌
歌唱那些人
那些黑夜
那些秘密火柴
投入天堂之火

黑夜　年轻而秘密
像苦难之火
像苦难的黑色之火
看不见自己的火焰
这是我的夜歌

黑夜抱着谁
坐在底部
烧得漆黑

黑夜抱着谁
坐在热情中
坐在灰烬和深渊
他茫然地望着我
这是我的夜歌

坐在天堂
坐在天梯上
看着这一片草原
属于哪一个国王
多少马
多少羊
多少金头箭壶
多少望不到边的金帐
如此荒凉
将我的夜歌歌唱
　　　　　天堂里的流水声
　　　　（合唱部分）

名家作品精选

在天堂里
大地只是一片苦树叶
珍藏在天堂
大海只是燃烧的泉水
只有一滴
而太阳是其中狩猎
和剥削的猎人

苦叶子
是那三千赤子之一
被那名为青春
的无头英雄
领着杀下天空
的三千赤子之一

在天堂
在夜歌中
一片苦叶子
和半根豹骨
我造人
男人和女人
在天堂相遇

在天堂的黄昏
转眼即是夜晚

在夜歌中相遇
扔下了开天斧子
住进了天堂歌声

三个神明合上他的眼睛
住进一片苦树叶
没有他的树
没有他的树枝和树根
没有他的种子
没有他的父母
三个人扔下开天的斧子
住在其中
一片苦树叶就是大地的全部内容
也是他的形式和全部重量
也是幸福　也是地母　也是深渊和空虚

欢乐女神住在其中
一片苦叶子的幸福
大地不能承受
大地必然倾斜
只有一片苦叶子
珍藏大地的秘密
他的苦草根没有经历过死亡
没有人能在大地上
找到这一片名叫大地的树叶

这一片苦树叶住在天堂
大地不能承受，大地必然倾斜
这一片苦树叶住在天堂的合唱
左边是大海这一滴的泉水燃烧
右边是正在狩猎和剥皮的太阳

石 匠

　　　　金字塔
献给维特根施坦

红色高原
荒无人烟
而金字塔指天而立
"如果这块巨石
此时纹丝不动
被牢牢楔入
那首先就移动
别的石头
放在它的周围"

世界是这样的
人类
在褐色高原
被火用尽
　　之后
就是这个样子。

公式　石头
四面围起
几何形式
简洁而笨重
没有表面的灰尘
没有复杂的抒情

没有美好的自我
没有软弱的部分
黑色的火　沉默的　过去的　业已消逝的
不可说的
住在正中
消灭了阶级的、性别的、生物的
逻辑的大门五十吨石头没有僧侣
一切进入石头变得结实而坚硬。
一切都存在。
世界是这样的。
一切存在的都是他的事实的主人公。

风中突然飞入
太阳强大的车轮
是尖锐的　石头的　向天说话的　是本能的
世界是这样的。
黏土固然消失。
存在尚未到来。
石头　发生
在数学中
一线光明

人类的本能是石头的本能
消灭自我后尽可能牢固地抱在一起
没有繁殖。
也没有磨损。
没有兄弟和子孙。
也没有灰烬。
事物巨大。

事实简单。
事件纯粹而精确。
事情稳定。
而石头以此为生。
四肢全无
坐在大地
面朝天空

埃及的猎人
在高山上
什么也没有了
什么也没找到
世界之上
是天空
万有的天空
一阵沉默
又是一阵
沉默

埃及的猎人
在高山上
什么也没有了
什么也没找到
　是石头和数学
把他找到
把他变成了
我认不出的
他坐在那里
一动不动

饥饿的石头、愤怒的石头
流进了他，成为他

天空万有　天空以万有高喊万有　召唤
人类的本能是石头的本能
人类的数学成为石头内部的人
四条底边正向东南西北，坐地朝天
天空在世界之上　一线光明
公式　石头与光
围在一起　中央是沉默的
金光闪烁的
逃走的大神
一堆石头和公式固步自封
一座无人的　火与逻辑的城
数学和石头是他的感情
世界是这样的
总是这样的
火是相同的
不管这次是为谁　吐出大火
不管烧毁的是谁
火总是相同的
火总是他自己

一卷经书
吐火
吐火后
一卷经书疲倦了　坐下来
成为石头
好像自己坐下自己离去

自己成了自己的座位
一卷经书如此倦疲
自己成了自己的石头大座
吐火的是我吗　一卷经书自问
一卷经书自问又繁殖　是我吗
骤然变成七卷　经书不辨真伪
吐火的　逃往天上
地上荒无人居，石头疲倦
七卷经书不辨真伪
那从天空跌落的
人类的数学和书
成为石头内部的人

铁　匠

打　铁
"汉族的铁匠打出的铁柜中装满不能呼喊的语言"

我走进火中

陈述：
1. 世界只有天空和石头。
2. 世界是我们这个世界。
3. 世界是惟一的。

附属的陈述：
1. a 世界的中央是天空，四周是石头。
　　b. 天空是封闭的，但可以进入。
　　c. 这种进入只能是从天空之外进入天空。

d. 从石头不可能飞越天空到另一块石。
  e. 天空行走者不可能到达天空中央。
  f. 在天空上行走是没有速度的行走。
  g. 在天空上行走越走越快，最后的速度最快是静止。
  h. 但不可能到达那种速度。
  i. 那就是天空中央。
  j. 天空中央是静止的。
  k. 天空中央的周围是飞行的。
  l. 天空的边缘是封闭的。
  m. 天空中间是没有内容的。
  n. 在天空上行走是没有方向的行走。
  o. 没有前没有后。
  p. 没有前进没有后退。
  q. 人类有飞在天空的愿望。
  r. 但不能实现。

2. a. 人类保持在某种脆弱性之上。
  b. 人类基本上是一个野蛮的结构。
  c. "野蛮的石头集团的语言"。
  d. 天空越出人类正是由于它的浑然一体。
  e. 它与世界的浑然一体。
  f. 它的虚无性。
  g. 它都知道。
  h. 它能忍受。
  i. 我们感觉不到它的内容。
  j. 它有一根固定的轴。
  k. 它在旋转。
  l. 轴心是实体。
  m. 其他是元素。

n. 它的内容是生长。

o. 也就是变化。

关于火的陈述:

1. 没有形式又是一切的形式。

2. 没有居所又是一切的居所。

3. 没有属性又是一切的属性。

4. 没有内容又是一切的内容。

5. 互相产生。

6. 互相替代。

7. 火总是同样的火。

8. 从好到好。

9. 好上加好。

10. 不好也好。

11. 对于火只能忍受。

化身为人
——献给赫拉克利特
和释迦牟尼
献给我自己
献给火

1. 这是献给我自己的某种觉悟的诗歌。

2. 我觉悟我是火。(被划掉)

3. 在火中心恰恰是盲目的 也就是黑暗。

4. 火只照亮别人,火是一切的形式,是自己的形式。

5. 火是找不到形式的一份痛苦的赠礼和惩罚。

6. 火没有形式,只有生命,或者说只有某种内在的秘密。

7. 火是一切的形式。(被划掉)

8. 火是自己的形式。(被划掉)

9. 火使石头围着天空。

10. 我们的宇宙是球形，表面是石头，中间是天空。

11. 我们身边和身上的火来自别的地方。

12. 来自球的中心。

13. 那空荡荡的地方。

（一）

1. 这是注定的。

2. 真理首先是一种忍受。

3. 真理是对真理的忍受。

4. 真理有时是形式，有时是众神。

5. 真理是形式和众神自己的某种觉悟的诗歌。

6. 诗歌是他自己。

7. 诗歌不是真理在说话时的诗歌。

8. 诗歌必须是在诗歌内部说话。

9. 诗歌不是故乡。

10. 也不是艺术。

11. 诗歌是某种陌生的力量。

12. 带着我们从石头飞向天空。

13. 进入球的内部。

（二）

1. 真理是一次解放。

2. 是形式和众神的自我解放。

（三）形式 A，形式 B，形式 C，形式 D

1. 形式 A 是没有形式。

2. 宗教和真理是形式 A。

3. 形式 B 是纯粹形式。

4. 形式 C 是巨大形式。

5. 巨大形式指我们宇宙和我们自己的边界。

6. 就是球的表面,和石头与天空的分界线。

7. 形式 D 是人。

(四)形式 B 是纯粹形式

1. 形式 B 只能通过形式 D 才能经历。

2. 这就是化身为人。

3. 我们人类的纯粹形式是天空的方向。

4. 是在大地上感受到的天空的方向。

5. 这种方向就是时间。

6. 是通过轮回进入元素。

7. 是节奏。

8. 节奏。

(五)形式 C 是巨大的形式

1. 这就是大自然。

2. 是他背后的元素。

3. 人类不能选择形式 C。

4. 人类是偶然的。

5. 人类来自球的内部。

6. 也去往球的内部。

7. 经过大自然。

8. 光明照在石头上。

9. 化身为人。

10. 大自然与人类互相流动。

11. 大自然与人类没有内外。

(六)形式 D 是人

1. 真理是从形式 D 逃向其他形式(形式 ABC)。

这一夜
天堂在下雪
整整一夜天堂在下雪
相当于我们一个世纪天堂在下雪
这就是我们的冰川纪
冰河时期多么漫长而荒凉
　　　　多么绝望

而天堂降下了比雨水还温暖的大雪
天梯上也积满了白雪
那是幸福的大雪
天堂的大雪

天堂的大雪纷纷
充满了节日气氛
这是诞生的日子
天堂有谁在诞生

天堂的大雪一直降到盲人的眼里
这是天堂里的合唱队
由九个盲人组成
两个国王　七个歌手
这九个盲人坐在天堂
变成了合唱队九长老
两个希腊人
两个中国人
两个德国人
一个英国人
一个拉美人

名家作品精选

一个印度人
天堂的大雪一直降到盲人的眼里
充满了光明
充满了诞生的光明

高声地唱起来,长老们
长老们

合唱队的歌声、在天堂的大雪
(盲目的颂歌
在盲目中见到光明的颂歌)

(名称为"视而不见"的合唱队由以下这些人组成:持国、俄狄甫斯、荷马、老子、阿炳、韩德尔、巴赫、密尔顿、波尔赫斯)①

---

① 海子《弥赛亚》(《太阳》中天堂大合唱)第四稿(未完成)至此结束。

太　阳

（诗剧·选自其中的一幕）

地点：赤道：太阳神之车在地上的道。
时间：今天。或五千年前或五千年后
　　　一个痛苦、灭绝的日子。
人物：太阳、猿、鸣。

司　仪（盲诗人）

"多少年之后我梦见自己在地狱做王"

我走到了人类的尽头
也有人类的气味——
在幽暗的日子中闪现
也染上了这只猿的气味
和嘴脸。我走到了人类的尽头
不像但丁：这时候没有闪耀的
星星，更谈不上光明
前面没有人身后也没有人
我孤独一人
没有先行者没有后来人
在这空无一人的太阳上
我忍受着烈火

也忍受着灰烬。

我走到了人类的尽头
我还爱着。虽然我爱的是火
而不是人类这一堆灰烬
我爱的是魔鬼的火　太阳的火
对于无辜的人类　少女或王子
我全部蔑视或全部憎恨

我走到了人类的尽头
也有人类的气味——
我还爱着。在人类尽头的悬崖上那第一句话是：
一切都源于爱情。
一见这美好的诗句
我的潮湿的火焰涌出了我的眼眶
诗歌的金弦踩瞎了我的双眼
我走进比爱情更黑的地方
我必须向你们讲述　在那最黑的地方
我所经历和我看到的
我必须向你们讲述　在空无一人的太阳上
我怎样忍受着烈火
也忍受着人类灰烬

我走到了人类的尽头
也有人类的气味——
我还爱着：一切都源于爱情。
在人类尽头的悬崖上
我又匆匆地镌刻第二行诗：
爱情使生活死亡。真理使生活死亡

这样,我就听到了光辉的第三句:
与其死去!不如活着!
我是在我自己的时刻说出这句话
我是在我的头盖上镌刻这句话
这是我的声音　这是我的生命
上帝你双手捧着我像捧着灰烬

我要在我自己的诗中把灰烬歌唱
变成火种!与其死去!不如活着!
在我的歌声中,真正的黑夜来到
一只猿在赤道中央遇见了太阳。

那时候我已被时间锯开
那神。经过了小镇　处死父亲
留下了人类　留下母亲
故事说:就是我
我将一路而来
解破人类谜底
杀父娶母。生下儿女
——那一串神秘的鲜血般花环
脱落于黑夜女人身下。
一切都不曾看见
一切都不曾经历
一切都不曾有过
一切都不存在

人类母亲啊——这为何
为何偏偏是你的肉体
我披镣戴铐,有一连串盲目

名家作品精选

荷马啊,我们都手扶诗琴坐在大地上
我们都是被生存的真实刺瞎了双眼。
人,给我血迹,给我空虚
我是擦亮灯火的第一位诗歌皇帝
至今仍悲惨地活在世上
在这无边的黑夜里——
我的盲目和琴安慰了你们
而他,他是谁?
仿佛一根骷髅在我内心发出的微笑

我们　活到今日总有一定的缘故。兄弟们
我们在落日之下化为灰烬总有一定的缘故
我们在我们易朽的车轮上镌刻了多少易朽的诗?
又有谁能记消　每个人都有一条命
——活到今日,我要问,是谁活在我的命上
是谁活在我的星辰上、我的故乡?
是谁活在我的周围、附近和我的身上?
这是些什么人　或什么样的东西?!
等我追到这里
荒漠空无一人
我在河边坐下
等你等了半天
河水一波又一波
斧子已被打湿　斧子沾满水滴
喑哑的地铺上
忽明忽暗火把
照着满弓一样的乳房
那是什么岁月
我血气方刚

斧子劈在头盖骨　破碎头盖骨
从这一头飘到那一头
孕育了天地和太阳
那是什么岁月
青草带籽纷纷飘下

那时候我已经
走到了人类尽头　那时候我已经来到赤道
那时候我已被时间锯开
两端流着血　锯成了碎片
翅膀踩碎了我的尾巴和爪鳞
四肢踩碎了我的翅膀和天空
这时候也是我上升的时候
我像火焰一样升腾　进入太阳
这时候也是我进入黑暗的时候
这时候我看见了众猿或其中的一只
回忆女神尖叫——
这时候我看见了众猿或其中的一只

太阳王

我夺取了你们所有的一切。
我答应了王者们的请求。赦免了他们的死。
我把你们全部降为子民。
我决定独自度过一生。

赤道，
全身披满了大火
流淌于太阳的内部。

太阳,被千万只饥饿的头颅抬向更高的地方
你们或者尽快地成长,成为我
或者隶属于我。
隶属于我的光明
隶属于我的力量

这时候我走向赤道
那悲伤与幻象的热带　从南方来到我怀中。
我决定独自度过一生
我仅一只地幔的首领　缓慢地走向赤道
赤道,全身披满了大火,流淌于我的内部
我是地幔的首领
一群女儿是固体在高温下缓慢流动的。
她们在命运之城里计算并耗尽你生命的时辰
暴露在高原的外表
那些身处危险
那些漆黑的人们
那些斧子形的人
三只胃像三颗星来到我的轨道

你们听着
让我告诉你们
你是腐败的山河
我是大火熊熊的赤道
你是人类女儿的伴侣
我是她们死亡的见证
你是惆怅的故乡　温情的故乡
你是爱情　你是人民
你是人类部落的三颗星辰

我只是、只是太阳
只是太阳。你们或者长成我
或者隶属于我

让我离开你们　独自走上我的赤道　我的道
我在地上的道
让三只悲伤的胃　燃烧起来
（耶稣　佛陀　穆罕默德）
三只人类身体中的粮食
面朝悲伤的热带吟诗不止

让我独自度过一生　让我独自走向赤道
我在地上的道。面南而王是一个痛苦过程
我为什么突然厌弃这全部北方、全部文明的生存
我为什么要　娶赤道作为妻子
放弃了人类儿女……分裂了部族语言?!
人们啊，我夺取了你们所有的一切。夺取了道。
我虽然答应了王者们的请求、赦免了他们的死。
让我独自走向赤道。
让我独自度过一生。

其他诗歌的杯子纷纷在我的头颅里啜饮鲜血。
我一如往昔。

是天上血红色的轴展开
火红的轮子展开
巨型火轮　扇面飞翔　滚动
赤红色光带摇晃　使道燃烧
——你在地上也感到了天空的晕眩

我一如往昔。
我的太阳之轮从头颅从躯体从肝脏轰轰碾过。
接着，我总是作为中心
一根光明的轴。出现在悲伤的热带
高温多雨的高原和大海
我是赤道和赤道的主人
在热带的海底　海的表面
斩断了高原的五脏
于是我在刚果出现
我的刚果河！两次横过赤道
狂怒地泼开……赤道的水……如万弓齐放
像我太阳滔滔不绝的语言
在四月和十月　我经过天顶　深深的火红的犁
犁头划过　刻画得更深
仿佛我将一支火把投进了他的头骨嘶嘶作响
那时候赤道雨啊
赤道的雨可以养活一切生灵！

仿佛我将一支火把投进了他的头骨嘶嘶作响
这是我儿子的头骨。这是我和赤道生下的儿子
我俯伏在太阳上　把赤道紧紧拥抱
我双膝跪在赤道上　我骑在赤道上
像十个太阳骑在一匹马上
十个太阳携带着他们的武器
生存的枪膛发红灼热
那是我的生殖　那是我的武器　那是我的火焰
我俯伏在太阳上　把赤道紧紧拥抱
我的儿子　我的儿子　你在何方？

那时候我走向赤道
雷在你们头顶不断炸响
我在这瞬间成为雨林的国王、赤道的丈夫
我在这一瞬成为我自己　我自己的国王。
这就是正午时分
这就是从子夜飞驰而来的正午时分。
(地平线在我这太阳的刀刃下　向上卷曲
千万颗头颅抱在一起。咬紧牙关
千万颗头颅抱在一起仿佛头颅只有一只
地平线抱在一起仿佛一只孤独的头颅
又纠结一团仿佛扭打在一起)
我的儿子　我的儿子　你在何方？

你的头骨——那血染的枷铐
头颅旋转
空虚和黑暗
我看见了众猿或其中的一只

猿

……空虚　黑暗
我像是被谁　头脚倒置地扔入大海。
在海底又被那一场寒冷的大火
嘶嘶烧焚。
我越长越繁荣
几乎不需要我的爪子　我的双手　我的头骨
我的爪子完全是空虚的。
我的手完全是空虚的，
我的头骨完全是空虚的。

名家作品精选

你们想一想　在赤道　在伟大的赤道
在伟大、空虚和黑暗中
谁还需要人类？
在太阳的中心　谁拥有人类就拥有无限的空虚
我是赤道上被太阳看见的一只猿。

我就是那只猿。我就是他
他出生在很远的南方　他是王国的新王
他离弃了众神　离弃了亲人
弃尽躯体　了结恩情
血还给母亲　肉还给父亲
一魂不死　以一只猿来到赤道。
他终于看到了自己和子孙。
他看见了不该看见的东西
爬过。在他身上醒来　在一只猿身上
醒来　在他身上隐隐作痛
他用整整一条命搭起了猿的肉体
走进洞窟。仍隐隐作痛

幻象的死亡
变成了真正的死亡

头飞了　在山上
半个头　走　走向赤道
（众猿去了喜马拉雅
惟有一猿来到赤道。）
古冈瓦纳　看见自己的身体上
澳洲飞走　印度飞走　南美飞走　南极飞走
（在一片大水之上

一猿的身上飞走了四猿)

多孤单啊　古冈瓦纳
我就是他
我并不孤独!
我的核心仍然抱在一起
以赤道为轴!
(梯形和三角形抱在一起
抱成一只翠绿的猿)
我的核心仍然抱在一起
哦　黑如黑夜的一块大陆
纵横万里的大高原以赤道为轴
半个头　长成一个头

赤道将头　一劈两半
一个头长成两个头　一个是诗人,一个是猿
作为诗的一半看见了猿的一半
猿　陷入困境　迷宫
他的镜子是人类。也是生殖和陷阱
从猿的坟地　飞出
飞向人的坟地——这就是人类的成长
这就是大地长成的过程
黑夜是什么
所谓黑夜就是让自己的尸体遮住了太阳
上帝的泪水和死亡流在了一起。
被黑暗推过一千年　一万年
我们就坐得更深　走进太阳的血中更深
走进上帝的血中去腐烂

我们用泪水和眼睛所不能看见的
(太阳　不分日夜　在天空上滚)

这时候我看见了月亮
我的腿骨和两根少女的腿骨，在蓝色的月亮上
交叉。在无边的黑夜里飞翔
被黑暗中无声的鸟骨　带往四面八方。
万物的母亲，你的身体里是我的腿骨

无边黑夜里
乌鸦的腿骨变成我的腿骨。双翼从我脸上长出
月亮阴暗无光的双翼
携带着我的脸　在黑夜里飞翔
双臂变成空洞无孕的子宫——流着血泪
我诞生在海上　在一瞬间
在血红的月亮上
喷吐着天空浓烈的火焰。
我的听觉　是物质　是盐是众盐之王。
大海分解着我的头骨
肉体烧焦
一个巨大的怀孕　滚动在大海中央
从海底一直滚到大海中央

太阳把自己的伤口　留在月亮上
血在流淌鲜血渗遍我全身而成月亮

火把，火的惨笑的头
我们凄凉的头　聚在一起　抬着什么
铺开大地那卷曲的刃

这时候我仿佛来到了海底
顺着地壳的断裂　顺着洋脊
看见了海底燃烧的火　飞行的火
嘶嘶叫着化成冰凉的血。

这是否就是那惟一的诗!?
笼罩着彻底毁灭、灭绝的气氛

是这样正在海洋中央披着人形（斧子形）
的光明和火　就是我
也在沙漠中央披着人形的蓝色水滴
就是我。假借人形和诗歌
向你们说话。假借力量和王的口吻

群女在隔壁的屋子里（在草原或海水绝壁上）
熏黑身子幽幽唱着　一间屋子是空虚。
另一间屋子还是空虚。
群女或为复仇的女神、命运女神、月亮女神
或为妓女或为琴师或为女护士或为女武神
或为女占卜者。在这无边的黑夜里
除了黑暗还是黑暗。除了空虚还是空虚
除了众女还是众女。我将她们混为一谈
我这赤道地带的母猿可以为她们设计各种时间
各种经历、各种生存的面具
收起时间的缰绳　任肉体之马奔向四方
（肉体之马聚集在太阳的刀刃上）

三母猿

鲜血在天上飞　在海中

又回到熊熊大火　大火在天上飞
又在海底
变成寒冷的鲜血

而入孤独山顶
在火焰中传道　在海水中传道
而入孤独血液

太阳的血污催动。
万物互相焚烧、焦黑。死亡海洋
也仿佛月亮的子宫　潮汐涌动不止
这些活跃在夜间的肉，飞翔的肉、睡眠
这些心肝状　卵状　羊头状的血红月亮
照着凄凉的平原　斧子或羊皮
竖立或斜铺在幽蓝虚无的海中
那就是我们狭窄的陆地
春天吐火的长条陆地你布满时间的伤疤

火　天空上飞着的火
"汪汪"叫着化成了血　血叫着
血"嘎嘎"地在天上飞
她们一同离开了原始居住地的太阳
也不能再称她们为火
也不能给她们命名为"飞"
她们在大海中央安顿下来
天上飞的火　在大海中央变成了血
光明变成了黑暗　光明长成了黑暗
燃烧长成了液体的肉

火　变成血　天上飞的血
在大海中央
变成人的血（一粒种子抱住我们的头）
斧子在大地深处生育小斧头

血啊、血　又开始在天上飞
由翅膀构成（或由回忆之天使）
烧焚至今的灰烬
我们悬挂在一条命
一条血、一条火上
走向地窝子
点起灯，在那似乎是微风吹拂的时间

鸣——诸王、语言

太阳在自己黑暗的血中流了泪水
那就是黑夜。
泪水流出了身体
身体长出了河流与道路
五谷坐下来
马在道路上飞着　泪水带着她的影子
她的锁链　在荒芜的山上飞

太阳　一夜听着石头滚动
石头滚回原始而荒芜的山上
原始而荒芜的山退回海底

谁是骆驼和沙漠的主人？
谁是语言中心的居住人？

名家作品精选

谁能发号施令?
十二位刽子手倾听谁的召唤?应声而来

哪些泥土长成了女人　陪伴　葬?
一把把陶罐摔破在谁的脑袋上?
谁灼痛得遍地滚动?
谁的父亲绑在树上被宰杀?
在故乡古老的河道上漂着谁的尸体?
谁很久以前的尸体又盖在谁的尸体上?

谁摸头　头已不在?(血肉横飞　脸也飞去)
谁所有的骨头都熔化在血液里?
谁是豹子　坐在一只兴高采烈
升上天空的子宫——那是谁的子宫?
我们藏身的器皿?

谁是万物的音乐?谁是万物之母
谁是万物之母的父亲
我所陷入的是谁的生活?
谁是和谐?谁是映照万物的阴暗的镜子?
谁是衡量万物是非的准绳?
谁是生物里唯一的鬼魂——冲涌在血中?
谁快收获了?收获玉米和我
谁是西印度群岛以南夜晚的赤道上
那漆黑的乳房?

谁让我们首先变得一无所有地出现在赤道上?

那些紫红的雪　血腥的张开的嘴

既是沉默,也是失败
正在到达午夜的千年王国深处坐着谁?
坐着怎样的王者?——杯口断裂
谁的鲜血未能将这只杯子灌满?
"如何成为人?"
沙漠在午夜的王　又是谁?

谁是无名的国王?
深渊沉落而黑暗——
与我死后同穴的千年黑暗是谁的鸟群?
谁的灰烬也与是死后同穴?

谁是无名的国王?众天之王?
在塔楼管理其他性命的谁呢?
他是谁呢?拥有全权的沙漠和海
拥有埃及的书:死亡的书
拥有一条线索和宿命的血
在夜晚的奥秘中啜饮泪水的无名国王
你到底是谁?
你到底是什么?
谁在那百花合拢的女人之内?
谁在那最后的爪子所握住的弓箭上?
谁在景色的中心?
谁　仿佛一根骷髅　在我内心发出微笑
谁把我们生殖在星球的杯子里?
我们是谁杯中的雪水或流火?!
每个人都有一条命　却都是谁的命?!

谁隐生?谁潜伏?谁不表现为生命?

名家作品精选

谁不呼吸　不移动　没有消化作用和神经系统
谁已关闭?
谁站在断头台上?
谁使用我们落地头颅的大杯——还有天空的盛宴?
沙漠深处　谁在休息
谁总是手执火把在向我走来?
谁的残暴使旷野的阴暗暴露?
谁幻觉的灵魂马群披散于天空
谁让众鸟裸露　交配并死亡

那些眼睛又看见了什么?! 看见了谁?
在褐色的高地
我不停地落入谁的灰烬?

那些为了生存的人　为了谁度过黑夜?
英勇的猎户为了谁度过黑夜?
谁的一只胃在沙漠上蠕动　谁拿着刀子
在沙漠? 只有谁寂灭才能保全宇宙的水?
谁早已站在高原　与万物同在
谁使我伸出双手　谁向我伸出双手?
谁对抗　谁崩断?
我仍然要把我引向谁　引向谁的生殖和埋葬?
谁只住在午夜
像时间终端的鸣响?

我已声嘶力竭
那不断来往的　不断开始和结束　难道不是
同一个秋天?
我暴露着　不停地不间断地在地平线上

叫喊着"棕榈　棕榈"
并把棕榈在哭泣之中当成你　你是谁
——谁是那一个已被灵充满的舌头？
　　谁是被灵充满的
沙漠上生长的苦难的火？
谁是那一个已经被漂泊者和苦行者否定的灵？

最后我们看到的又是谁？！

合　唱

告别了那美丽的爱琴海
诗人抱着鬼魂在上帝的山上和上帝的家中舞蹈。
上帝本人开始流浪
众神死去。上帝浪迹天涯
告别了那美丽的爱琴海

何日俯伏在赤道上
水滴也在燃烧
血液起了大火
船只长成大树
儿子生下父亲

呜——民歌手（这是他自己的歌）

在曙光到来之前
兵器库中坐满了兵器

在曙光到来之前

我要厌弃你们
我要告别你们,孤零零
走向沙漠

逃亡者　在山上飞　父子
在山上飞
在山上　飞不动的
是兵器　是王座
两只鹰奄奄一息
两只鹰同时死亡　葬在一起
血红色剥落
一条条
横卧旷野
从牛取奶
从蜂取蜜
从羊取毛

回到了她的老地方
在此时
让上帝从她身上取走肉体

流亡者　在山上飞　父子在山上
在山上飞
虽然大风从北方刮向南方
草上的三道门
只看见了父子
他们肯定只是他一人
他一人
也是父子

万物是影子,是他们心中
残存的宫殿

流亡者　在山上飞　父子
在山上飞

儿子长成他的兄弟
儿子比父亲要先出生
两只鹰奄奄一息
两只鹰同时死亡　葬在一起
让哪一条火焰割去
喂养哪一个子宫?

父子　在山上飞
流亡者
在山上飞

回到了她的老地方
沙漠很广大　很偏僻　很荒凉
竖起了她自己的峭壁

合　唱

太阳向着赤道飞去　飞去　身体不在了
赤道向着太阳飞去　飞去　头　不在了

岩芯　向外爆响　爆炸裂开的伤口
广大无边的沙漠从大海中升起
沙漠从海底升起又退回大海

太阳的岩石涨破了我的脸

太阳刺破我的头盖像浓烈的火焰撒在我的头盖
两只乌鸦飞进我的眼睛。
无边的黑夜骑着黑夜般的乌鸦飞进我的眼睛
脸是最后一头野兽
黑夜是一条黑色的河。
太阳的枪管发热后春火弥漫山谷
五根爪子捧着一颗心在我的头盖上跳舞并爆裂

鸟——盲诗人的另一兄弟

头盖骨被掀开
时间披头散发
时间染上了瘟疫和疾病
血流满目的盲眼的王
沿着没落的河流走来

诗歌阴暗地缠绕在一起
春天的角渗出殷红的血
胜利者将火把投入失败者的眼眶

十位无头勇士抬着大海和沙漠
升向天空　赤道升向天空。
驱赶黑夜也汇入固定而燃烧的太阳
在悲伤的热带。在黑漆漆的　如夜的赤道
日　抱着石头　在天上滚动

太阳之轮从头颅从躯体从肝脏轰轰碾过

火红的　烧毁天空的
烈火的车子
在空中旋转

我不愿打开我的眼睛
那一对怒吼的黑白之狮
被囚禁！被抛掷在一片大荒！

听一声吼叫！听一声吼叫！
我的生活多么盲目　多么空虚
多么黑暗
多么像雷电的中心

雷……王座与火轴……
听一声吼叫！

森林中黑色的刺客
迅速下降到煮头的锅中
内脏黑暗　翻滚过地面
太阳中殷红如血的内脏吐露：剑

合　唱

剑说：我要成为一个诗人
我要独自挺进
我要千万次起舞　千万次看见鲜血流淌
剑说：我要翻越千万颗头颅
成为一个诗人
是从形式缓慢而突然激烈地走向肉体

名家作品精选

从圣人走向强盗。从本质走向
粗糙而幻灭无常的物质。走向一切
生存的外表

听一声吼叫！
太阳殷红如血的内脏吐露：剑，我的
剑，我的儿子，我的儿子

我的儿子
愤怒的骨髓　复仇的骨髓
仇恨的骨髓
自我焚烧的骨髓
在太阳中间
被砍伐或火烧之后
仍有自我恢复的迹象
我的儿子！我的儿子！

内脏黑暗　剑翻过地层
我是儿子更是宝剑的天性
挂在我的骨头上的车轮和兵器——是我的肉体
是我的儿子　他伸出愤怒的十指
向天空责问
那些在肉体上驾驶黑夜战车的太阳之人
太阳中的人到底是谁呢？

到底是谁呢？伴随了我的一生
试其刀刃光芒
那些树下的众神还会欢迎我回到他们的行列吗？

我走到了人类的尽头

注：海子的诗剧《太阳》选幕，是从元素原型和痛楚狂想的焚烧战斗中掷下的大诗。诗剧形式具有同时面对多重幻象的属性，对盲诗人、太阳王、猿和鸣的多重声音，以及它们构成的太阳起源、人流去脉及诗人形象便不宜做单一或肢解的分别观照。这样从戏剧体现中见诸整体共振，先看很多然后加以识见，也就能见出诗剧的九鼎之言了。

《太阳》，以剧的形式表示：读解不是单线的，也需要在目击时耳有余响，心有所记，加以思量。这是一首有各声部的复调诗歌，作品显示了一些含意及余响，同时，从音调变化和句子造成的压力去接触诗歌，感到字面下的紧张程度，也可把了解传导给情绪。《太阳》探索有爆炸力的句式，尝试用幻象——不凝结为静止画面的形象——进行写作，表现心灵的运行，模仿创造力发射时的动态，这样把语言推出静观的边缘，冲击叙述的习惯；另外，在思考上将以人为中心点的视野，放到自然界的范围里去。这种尝试，成果可待集思广益，然而也待郑重之议。

土 地

（《太阳·土地篇》）

"土地死去了，用欲望能代替他吗？"

(1月。冬。)

第一章　老人拦劫少女

情欲老人，死亡老人
在森林中，你这古老神祇
一位酒气熏天的老人

情欲老人，死亡老人
他又醉
又饿
像血泊，像大神的花朵

他这大神的花朵
生长于草原的千年经历
我这和平与宁静的儿子
同在这里

情欲老人，死亡老人

一条超于人类的河流
像血泊，像大神的花朵

森林中这老人
死亡老人，情欲老人，啜饮葡萄藤
他来自灰色的瓮、愿望之外
他情欲和死亡的面容
如和平的村庄

血泊一样大神的花朵
他又醉
又饿

在这位高原老人的压迫下
月亮的众神、一如既往仍在戽水
只有戽水，纺织月光
（用少女的胫骨）

情欲老人，死亡老人
伸出双手高原的天空
月亮的两角弯曲
坐满神仙如愁苦的秋天

秋天，不能航渡众神的秋天
泪水中新月的双角弯曲
秋天的歌滚动诸神的眼眶
仿佛是在天国，在空虚的湖岸
情欲老人，死亡老人
在这草原上拦劫众人

 名家作品精选

一条无望的财富之河上众牛滚滚
月亮如魔鬼的花束

情欲老人,死亡老人
在这中午的森林
喝醉的老人拦住了少女

那少女本是我
草原和平与宁静之子
一个月光下自生自灭的诗中情侣。

情欲老人,死亡老人
如醉中的花园倾斜
伸出双手拦住了处女

我多想喊:
月亮的众神、幸福的姐妹
你们在何方?

有歌声众神难唱
人类处女如雪
人类原始的恐惧
在黎明
在蜂鸟时光
在众神沉默中
我像草原断裂。

湖泊上青藤绕膝
我的舌头完全像寂静之子。

在这无辜的山谷
在这黄金草原上
情欲老人，死亡老人
强行占有了我——
人类的处女欲哭无泪。

屏水者阻隔在与世隔绝的秋天
屏水用少女的胫骨
月亮的双角倾斜，坐满沉痛的众神
我无所依傍的生涯倾斜在黄昏

星辰泪珠悬挂天涯
众泪水姐妹滚滚入河流
黎明凄厉无边
月亮的后奔赴人间的水

请把我埋入秋天以后的山谷
埋入与世隔绝的秋天
让黄昏的山谷像王子的尸首
青年王子的尸首永远坐在我身上
黄昏和夜晚坐在我脸上
我就是死亡和永生的少女

叫月亮众神埋入原型的果园
情欲老人，死亡老人
又醉又饿，果园倾斜
我就是死亡和永生的果园少女

（2月。冬春之交。）

名家作品精选

第二章　神秘的合唱队

(沉郁与宿命。一出古悲剧残剩的断片)

情欲老人死亡老人：你是谁？
王子：王子
老人：你来自哪里？
王子：母亲，大地的胸膛
老人：你为何前来我的国度？聪明的王子，你
　　　难道不知这里只有死亡？
王子：请你放开她，让她回家
　　　那位名叫人类的少女
老人：凭什么你竟提出如此要求？
王子：我可以放弃王位
老人：什么王位？
王子：诗和生命
老人：好，一言为定
　　　我拥有你的生命和诗

第一歌咏

鹰

河上的肉

打死豹子　糅合豹子
用唱歌
用嘴唇
用想象的睡狮之王

狮豹搏斗

鹰盘旋

河上的肉
睁开双眼

第二歌咏

豹子是我的喜悦

豹子在马的脸上摘下骨头
在美丽处女脸上摘下骨头

阴暗的豹
在山梁上传下了阴郁的话语

"我是暴君家族最后一位白痴
用发疯掩盖真理的诗"

豹子豹子
我腹中满怀城市的毒药和疾病
寻找喜悦的豹子　真理的豹子

一切失败会导致一次繁忙的春天
豹子响如火焰　哲学供你在无限的黄昏进行
河流如绿色的羊毛燃烧

此刻豹子命令一位老人抱着母狮坐上王位
山巅上　故乡阴郁而瘟疫的黏土堆砌王座

名家作品精选

部落暗绿色灯火一齐向他臣服

第三歌咏

道……是实体前进时拿着的他自己的斧子

坟墓中站起身裹尸布的马匹和猪
拉着一辆车子
在鼓点如火之夜
扑向乡间刑场
　　车上站立着盲目的巨人
　　车上囚禁着盲目的巨人
在厨娘酣然入睡之时
在女巫用橡实喂养众人酣然入睡之时
马匹和猪告诉我
"我的名字上了敌人的第一份名单"

真实的道路吞噬了一切豹子　海牛　和羔羊
在真实的道路上我通过死亡体会到刽子手的
　　欢乐
在一片混沌中挥舞着他自己的斧子
那斧子她泪眼蒙蒙似乎看见了诗歌
她在原始的道路上禁绝欲望
在原始的秋天的道路上
陪伴那些成熟的诗人　一同被绑往法场
道路没有光泽　甚至没有忧愁
闪闪发亮的斧子刃口上奔驰着丑陋的猪和壮
　　丽之马
拉着囚禁盲目巨人的车辆　默默无言的巨人

这是死亡的车子　法官的车子
他要携带一切奔向最后的下场
车前奔跑着你的侍从　从坟墓中站起的马匹
　　和猪
车中囚禁着原始力量　你我在内心的刑场上
　　相遇
我们在噩梦的岩石　堆砌的站台
梦想着简洁的道路
真实的道路
法官的车子奔驰其上的道路
马匹和猪踢着蹄子　拥挤不堪重负
泥土在你面前反复死亡
原始力量反复死亡　实体享受着他自己的斧子
　　数学和诗歌

也是原始力量　从墓中唤醒身裹尸布的马和
　　猪
携带着我们
短暂的生命来到这个世界上
包括男人和女人、狮子和人类复合的盲目巨
　　人
原始的力量　他　孤独　辞退绝望的众神
独自承担唤醒死亡的责任
被法官囚禁却又在他的车上驾驭他的马匹
这就是在他斧刃上站立的我的诗歌
诗歌罪恶深重
构成内心财富

农舍简陋　不同于死亡的法官的车辆

名家作品精选

却同是原始力量的姐妹
都坐在道上　朝向斧刃
"道"的老人　深思熟虑　欲望疲乏而平静
果断放弃女人、孩子、田地和牲畜
守着地窖中的一盏灯
几近熄灭
乡下女人提着泥土　秘密款待着他　向他奉
　献
那匹马奔驰其上
泥土反复死亡　原始的力量反复死亡　却吐
　露了诗歌

第四歌咏

黑色的玫瑰

诸神疲乏而颓丧
在村镇外割下麦穗
在村镇中割下羊头
诸神疲乏而颓丧
诸神令人困惑的永恒啊！
诸神之夜何其黑暗啊！
诸神的行程实在太遥远了！
诸神疲乏而颓丧
就让羊群蹲在草原上
羊群在草原上生羊群
黑色的玫瑰是羊母亲
歌中唱到一颗心
"两只羊眼睛望着
两条羊腿骨在前

两条羊腿骨在后"
"一条羊尾巴
一张羊皮包裹上下
羔羊死而复活"
"一只羔羊在天空下站立
他就是受难的你"

黑色的玫瑰,羔羊之魂。

缄默者在天堂的黄昏。

在天堂这时正是美好的黄昏
诸神渴了 让三个人彼此杀害却死了四个
　　人。

死亡比诞生
更为简单
我们人类一共三个人
我们彼此杀害
在最后的地上
倒着四具尸首
使诸神面面相觑
他是谁
为什么来到人的村庄
他是谁

在众羊死亡之前
我已经诞生
我来过这座村庄

名家作品精选

我带着十二位面包师垒好我血肉的门窗
——耶路撒冷　耶路撒冷
　　你有惟一的牧羊人孤单一人任风吹拂
村镇已是茫茫黄昏　死亡已经来临
妈妈　可还记得
与手艺人父亲领着我
去埃及的路程

黑色的玫瑰
一个守墓人
一个园丁
在花园
他的严峻使我想起正午
斧头劈开守墓人的脑袋

斧头劈开守墓人的脑袋

第五歌咏　雪　莱

雪莱独白片断（之二）

我写的是狂喜的诗歌　生命何其短促！
平静的海将我一把抓住
将我的嘴唇和诗歌一把抓住

我写的是狂喜的诗歌　天空
天空是内部抽搐的骆驼
天才是哭泣的骆驼深入子宫

骆驼和人

四只手分开天空
四只手怀孕

两颗怪异而变乱的心
骆驼和人民　没有回声也没有历史
在镌刻万物的水上难以梦见别的骆驼

存在
水上我的人民
泪珠盈盈或丰收满筐

我的人民
这刻下众多头颅的果园理应让她繁荣！
新鲜　锐利　痛楚　我的人民

当人类脱离形象而去
脱离再生或麦秆而去
剧烈痛楚的大海会复归平静。

当水重归平静而理智的大海
我的人民
你该藏身何处？

雪莱和天空的谈话
（天空戴一蓝色面具）

雪：太阳掰开一头雄狮和一个天才的内脏
　　长出天空　云雀和西风

名家作品精选

  太阳掰开我的内脏
  孕育天空的幻象
  孕自收缩和阴暗狭隘的内心

天：当人类恐惧的灵魂抬着我的尸骨在大地
   上裸露
  在大地上飞舞
  生存是人类随身携带
  无法展开的行李
  ——行李片刻消解
  一片寂静
  代代延续。

雪：只有言说和诗歌
  坐在围困和饥馑的山上
  携带所有无用的外壳和居民

谷物和她的外壳啊 只有言说和诗歌
抛下了我们 直入核心
一首陌生的诗鸣叫又寂静

我
诉说
内脏的黑暗 飞行的黑暗

我骑上 诉说 咒语 和诗歌
一匹忧伤的马
我骑上言语和眼睛

内心怯懦的马和忧伤之马
我的内脏哭泣　那个流亡的诗人
抓住自己的头颅步行在江河之上

路啊　诗歌苍茫的马
在河畔怀孕的刹那禽兽不再喧响
我不知道自己还要向前走得多远

匆匆诞生匆匆了结的人性　还没有上路
还在到处游荡　万物繁花之上悲惨的人
头戴王冠纷纷倒下

天：麦地收容躯壳和你的尸体　各种混乱的
　　　再生
　　在季节的腐败或更新中
　　只有你低声歌唱
　　只有你这软弱的人才会产生诗句
　　各种混乱的再生　凶手的双手——陌生
　　　又柔软的器官
　　是你低声唱歌季节的腐败和更新

雪莱（伟大的独白）

大地　你为何唱歌和怀孕？
你为何因万物和谐而痛苦
叫内心的黑暗抓住了火种

人民感到了我
人民感动了我

名家作品精选

灵魂的幻象丛生
一只摔打大地的鼓上盘坐万物　盘坐燃烧晃
　动的太阳
一只泥土的太阳生物的太阳
一齐鸣叫的太阳
悲愤燃烧的灵魂满脸晕红地坐在河流中央
山峰上的刀枪和门扇结育果实于万物森林
树木和人民——一次次水的外壳，纷纷脱落
　于这种奇幻的森林
草木和头颅又以各种怪异疯狂的歌唱和飞翔
　再生于水。

王子的光辉——献给雪莱

歌队长：我的人民坐在水边　看着大海死去
　　　　天才死去
　　　　我的人民身边只剩下玉米和柴刀
　　　　和一两个表妹　锡安的女儿容颜憔
　　　　悴
　　　　我的人民坐在水边　只剩下泪水
　　　　耻辱和仇恨

歌　队：拥抱大海的水已流尽
　　　　拥抱一条龙的怪异、惊叫而平静的水
　　　　已流尽。
　　　　八月水已流尽。
　　　　七月水已流尽。
　　　　雪莱使我的心脏哭泣　再无泪水
　　　　理应明白再无复活！理由并不存在！

　　　　　　无须寻找他！
　　　　　　雪莱——我的手和头颅　在万物之
　　　　　　河中并不　存在　水已流尽！
歌队长：我用我的全身寻找一条河　尤其是
　　　　　　陌生的河
　　　　　　我用全身寻找那一个灵魂

歌　队：那个灵魂在群鼓敲响的时分就会孤
　　　　　　单地跳下山峰！
　　　　　　那颗灵魂是神圣的父母生下的灵魂
　　　　　　一等群鼓敲响就会独自跳下山峰！

　　　　　　雪山上这些美丽狮子陪伴着那个孤
　　　　　　单的灵魂
　　　　　　那颗灵魂也深爱着这些美丽的狮子
　　　　　　那是些雪山上雪白的狮子呵
　　　　　　在游荡中陪伴着那个孤单的灵魂

　　　　　　深夜里我再也不敢梦见的灵魂呵
　　　　　　总是在夜深人静时反复地梦见我！
　　　　　　一个孤独的灵魂坐在蓝色无边的水
　　　　　　上鳞片剥落

歌队长：我的人民坐在水边　看着大海死去
　　　　　　天才死去
　　　　　　我的人民身边只剩下玉米和柴刀
　　　　　　和一两个表妹。锡安的女儿容颜憔悴

第六歌咏

种豆南山——给梭罗和陶渊明

于水井照映我们相互摸手,表示镇定。
那天空不动,田地稀少。
移步向盈水的平原之瓮。
秋天如同我扶着腰安睡如地。
一只雨水卧在我久久张开的嘴里。
乳头之牛,亦在花色温柔的黄昏。

这可是宇宙
土内之土
豆内之豆
灯中之灯
屋里之屋
寻找内心和土地
才是男人的秘密

打开一只芳香四溢的山谷
雁鸣如烛火明灭在高堂。

城头撤离的诸神只留下风和豆架
掌灯人来到山谷
豆架如秋风吹凉的尸首。
葬到土地为止。
雪最深于坚强的内心冰封。
梭罗和陶渊明破镜重圆。
土地测量员和文人
携手奔向神秘谷仓。
白色帝子飘于大风之上

谁言田园?
河上我翩然而飞
河打开着水,逢我杀我
河扼住喉咙　发出森林声音

谁言田园?
河上我重见面包师女儿
涉世未深　到达浅水
背负七只负债人的筐子

两位饥饿中,灯火
背负故乡鸡声鸟鸣而去。
鸟落南山。粮食飞走。
是只身前往的鸟闪于豆棵。
一座村落于夜外。
一斧子砍杀月亮群马安静。

"风吹月照的日子
他来到这面山坡时我在村里
他来到这面贫穷的山坡时我在村里看护庄
　　稼……"

施洗者：你们终于来到了这条施洗者的河流
　　　　你们终于来到了这条通往永恒的河
　　　　你们终于来到了　王子们
　　　　精灵和浪子,你们终于来到这里
王　子：那位老师呢
　　　　从我们王子中成长起来的那位老师
　　　　呢?

施洗者：他们已成为永恒。
　　　　你们呢？你们想成为永恒吗？
　　　　来　接受我的施洗吧
王　子：我们拒绝永恒
　　　　因为永恒从未言说
　　　　因为永恒从未关心过我们
　　　　我们拒绝永恒
　　　　我们要投往大地。

第七歌咏　韩　波
（颂歌体散文诗——未刊）
第八歌咏　马　洛
（颂歌体散文诗——未刊）
第九歌咏　庄　子
（颂歌体散文诗——未刊）
……

（3月。春。）

第三章　土地固有的欲望和死亡

……从泪水中生长出来的马，和别的马一样。
死亡之马啊，永生之马，马低垂着耳朵
像是用嘴在喊着我——那传遍天堂的名字。

那时我被斜置地上，脱下太阳脱在麦地的衣裳
我会一无所有　　我会肤浅地死去
在这之前我要紧紧抓住悲惨的土地

土　从中心放射　延伸到我们披挂的外壳
土地的死亡力　迫害我　形成我的诗歌
土的荒凉和沉寂。

断头是双手执笔
土地对我的迫害已深入内心
羔羊身披羊皮提血上山剥下羊皮就写下朴素
　悲切的诗。

诗，我的头骨，我梦中的杯子
他被迫生活于今天的欲望
梦中寂静而低声啜泣的杯子
变成我现在的头盖是由于溅上一滴血。

这只原始的杯子　使我喜悦
原始的血使我喜悦　部落愚昧的血使我喜悦
我的原始的杯子在人间生殖　一滴紫色的血
混同于他　从上帝光辉的座位抱着羔羊而下

太阳双手捧给太阳和我
她们逐渐暗淡的鲜血。

在这条河流上我丢失了四肢
只剩下：欲望和家园
心　在黄昏生殖并埋葬她的衣裙
有一天水和肉体被鸟取走

芳香而死亡的泥土
对称于原始的水。

在落日殷红如血的河流上
是丰收或腐败的景色。

女人这点点血迹、万物繁忙之水
繁荣而凋零　痛苦而暧昧
灾难之水如此浩瀚——压迫大地发光
原始诸水的昔日宁静今日破坏无一幸存。

水上长满了爪子和眼睛　长满石头
石头说话。大地发光
水——漫长而具体的痛楚
布满这张睁开眼睛的土地和人皮！

土　鞭打着农奴　和太阳
土把羊羔抱到宰杀羊羔的村庄
这时羊羔忽然吐出无罪的话语

"土地，故乡景色中那个肮脏的天使
在故乡山岩对穷人传授犯罪和诗。"

"土地，这位母亲
以诗歌的雄辩和血的名义吃下了儿子。"

苦难的土　腹中饥饿摆动
我们的尸骨并非你的欲望
映出你无辜而孤独的面容

荒凉的海　带来母马　胎儿　和胃
把这些新娘　倾倒在荒凉的海滩

任凭她们在阴郁的土上疯狂生长

这些尸体忽然在大海波涛滚滚中坐起
在岩石上　用血和土　用小小粗糙的手掌
用舌头　尸体建起了渔村和城

远离蓝色沉睡的血
彩色的庄稼就是巨大的欲望
把众神遗弃在荒凉的海滩上。

彩色的庄稼　也是欲望　也是幻象
他是尸体中惟一幸存的婴儿　留下了诗歌

欲望　你渐渐沉寂
欲望　你就是家乡
陪伴你的只有诗人的犹豫和缄默
周围是坐落山下的庄稼
双手纺着城市和病痛
母亲很重，负在我身上

亦剩公木头和母木头
亦剩无角处女。
亦剩求食　繁殖和死亡。

土地抱着女人　这鲜艳的奴隶
女人和马飞行在天上
子宫散发土地腐败
五谷在她们彩色鳞甲上摔打！

名家作品精选

而漂洋过海的是那些被我灌醉的男人
拥有自己的欲望
抱着一只酒桶和母鸡思考哲学：
"欲望啊　你不能熄灭"

这些欲望十分苍白
这些欲望自生自灭
像城市中喃喃低语

而我对应于母亲　孕于荒野
翅膀和腹部　对应于神秘的春天
我死去的尸体躺在天堂的黄昏
肮脏而平静
我的诗歌镌刻在丰收和富裕之中

诗歌
语言之马
渡过无形而危险的水上
语言发自内心的创伤。

尸体中惟一的婴儿　留下了诗歌
甚至春天纯洁的豹子也不能将他掩盖

一块悲惨的人骨　被鹰抓往天上
犹如夜晚孤独的灵魂闪现于马厩
诗歌的豹子抓住灵车撕咬。

感情只是陪伴我们的小灯，时明时灭
让我们从近处，从最近处而来迫近母亲脐带

(人类是人类死后尸体的幻象和梦想
被黑暗中无声的鸟骨带往四面八方)

的确这样
在神圣的春天
春之火闪烁。

的确这样
肉体被耕种和收割　千次万次
动物的外壳
坚强而绵长

的确这样
一面血红大鼓住在你这荒凉的子宫
当吹笛人将爪子伸进我的喉管
我欲歌唱的人皮上画满了手!

悲惨的王子,你竟然在这短暂的一生同时遇见了
　　生老病死?
"我怕过,爱过,恨过,苦过,活过,死过"
四位天王沉闷地托住你的马腿
已经有的这么多死亡难道不足以使大地肥沃?

四只马腿从原始的人性开始
原始的欲望唱一支回归母亲的歌
为了死亡我们花好月圆

而死亡金色的林中我吹响生育之牛
浑浑噩噩一块石头

名家作品精选

在行星的周期旋转中怀孕

初生的少女坐满河湾散发谷物或雨水的腥味
女人背好甜蜜的枣子　正在思乡
或者转变念头　与年迈婆母一起打点行装

路得坐在异乡麦田。
远离故乡的殡葬
会使大地肥沃而广阔

而土地的死亡力正是诗歌
这秘密的诗歌歌唱你和你的女祖先
——畜栏诞生的王啊！

你的一双大腿在海底生病
你的一双大腿　戴上母羊贵重光芒

有神私于马厩　神私入马厩　神撕开马厩之门
　　神撕开母马
挪动胎位的地方　惨不忍睹
合拢的圣杯——我的头骨

秋　一匹身体在天空发出响声
像是祖先刚刚用血洗过

而双手的土地　正是新鲜的　正常的　可食的
秋天的生殖器——我的双手
如马匹　雄健而美丽

仍在原始状态
你这王
王。

(4月。春。)

第四章 饥饿仪式在本世纪

饥饿是上帝脱落的羊毛
她们锐利而丰满的肉体被切断　暗暗渗出血来
上帝脱落的羊毛　因目睹相互的时间而疲倦

上帝脱落的羊毛
父、王，或物质
饥饿　他向我耳语

智慧与血不能在泥土中混杂合冶。
九条河流上九种灵魂的变化
歪曲了龙本身。

只有豹子或羊毛　老虎偶尔的欲望
超于原野的幼稚水准而生存。

到达必需的黑暗　把财富抛尽
你就尽可吃我尸体与果实于实在的桶。

饥饿　胃上这常醉的酒桶
饥饿　我摇动木柄　花蛾子白雪落在桶中

名家作品精选

从个人的昏暗中产生饥饿
由于努力达到完美　而忍受宽恕

收藏失败的武器
在神的身旁居住
倾听你那秘密和无上的诗歌

在我们狂怒的诗行中　大地所在安然无恙
坚硬的核从内心延伸到我们披挂的外壳
在沙漠散布水源和秘密口语的血缘

诗歌王子　你陪伴饥饿的老王
在众兵把持的深宅
掌灯度夜　度日如年

围困此城的大兵已拥妻生子了吧。
以更慢的速度　船运载谷子或干草

饥饿的金色羊毛上
谁驮着谁飞逝了？

神灵的雨中最后的虎豹也已消隐。
背叛亲人　已成为我的命运。
饥饿中我只有欲望却无谷仓。

太阳对我的驳斥　对我软弱的驳斥
太阳自身　用理性　用钢铁　在饮酒

饥饿和虚假的公牛　攀附于一种白痴　一种骗局

愤怒砍伐我们　退回故乡麦粒的人
砍伐言语退为家园诗歌的人

只有羔羊　睡在山谷底　掰开一只桶
朗诵羊皮上沉痛的诗歌
发出申辩的声音。

太阳于我的内脏分裂
饥饿中猎人追逐的猎物
亡命于秋天　他是羔羊在马厩歇息

在护理伤口的间歇
诗歌执笔于我
又执笔于河道。

回忆我的亲人
我已远离了你。

上帝脱落的羊毛　囚禁在路途遥远的车上
原始的生命囚禁在路途遥远的车上

车子啊　你前轮是谷仓　后轮是马厩
一块车板是大木栅
另一块板是干草场

驾车人他叫故乡
囚犯就是饥饿。

前后左右拥着绿色的豹子

名家作品精选

浑浊　悲痛而平静

奔向远方的道路上
羊毛悲痛地燃烧
那辆车子仿佛羔羊在盲目行走

故乡领着饥饿　仿佛一只羔羊
酷律：刻在羊皮上　我是诗歌。

是为了远方的真情？而盲目上路
奥秘　从灰烬中站起脱下了过去的丑陋
道　从灰烬中站起脱下了过去的诗歌

过去的诗歌是永久的炊烟升起在亲切的泥土上
如今的诗歌是饥饿的节奏。

火色的酒
深入内心黑暗
饥饿或仪式
斧子割下天鹅或果园

捡起第一块石头杀死第一只羊
盲目的石头闪现出最初的光芒
这就是才华王子的诗歌
通过杀害解放了石头和羊　灵魂开始在山上
　自由飘荡
手又回到泥土凶手悲惨的梦境

饥饿或仪式

这些造化的做梦的巨兽　驮负诗歌　明亮飞
　翔
脆弱的河谷地带一家穷人葬身在花生地上
这也是一次谈论诗歌的悲惨晚上
他们受害脸孔面带笑容出现在凶手梦中

（5月。春夏之交。）

第五章　原始力

在水中发亮的种子
合唱队中一灰色的狮子
领着一豹　一少女
坐在水中放出光芒的种子
走出一匹灰色的狮子　领着豹子和少女
在河上蹒跚
大教堂饲养的豹子　悲痛饲养的豹子
领着一位老人　一位少女
在野外交配。生下圣人
的豹子也生下忧郁诗篇

提着灯　飞翔在岩石上　我与他在河中会面
我向他斥问　他对我的迫害
他缄默
在荒凉的河岸
因为饥饿而疲乏
我们只能在一片废墟上才能和解
最后晚餐　那食物径直通过了我们的少女
她们的伤口　她们颅骨中的缝合

最后的晚餐端到我们面前
这一道筵席　受孕于我们自己。

丰收的女祖先
大地幻觉的丰收
荒凉的酒杯
我的酒杯
在人间行走　焚烧　痉挛
我的生殖的酒杯
驱赶着我疲倦的肉体
子宫高高飞翔
我问我的头颅　你是否还在饥饿

早就存在
岁年的中心
掠夺一切的女祖先！
丰收中心
疲倦的泉水中心
风暴中心
女祖先衣衫华贵
——土
丰收的人皮
坐满一只酒杯　坐满狼和狮子

豹子的赤裸身子是我的嫁妆。
黎明和黄昏是我处女的脂香。

河流上　狮子的手采摘发亮的种子
发亮的水

绿色的豹子顺着忧郁的土地一路奔跑
追赶我就像追赶一座漆黑的夜里埋葬尸体的花园
尘土的豹子　跳跃的豹子
豹子和斧子
在河上流淌
我的肉体和木桶在河上沉睡着
我肉体和木桶　被斧子劈开
豹子撕裂……以此传授原始的血。

我喜悦过花朵　嘴唇　大麦的根和小麦的根
我喜悦过秋风中诸神为我安排的新娘
我粗壮的乳房　移向豹子和牛羊
狮子和豹子在酒精中和解
兄弟拥抱睡去

古老的太阳如今变异
女祖先
披散着长发
进入我的身体
对我发号施令

变异在太阳中心狂怒地杀你
变异的女祖先
在死亡中　高叫自我　疯狂掠夺
难以生存的走投无路的诗人之王？
谁能说出你那惟一的名字？！

淫荡的乡间的酒馆内
破败的瓮中惟一的盐

你是否记得
抛在荒凉的海滩
盐田上坐着痴呆的我——走投无路的诗人之王?

腐败的土地
这时响起
令人恐怖的
丰收的鼓。

鼓　嘣嘣地响了
内陆深处巨大的鼓
欲望的鼓
神奇的鼓啊
我多么渴望这正午或子夜神奇的鼓　命定而黑暗

鼓!血和命!绿色脊背!红色血腥的王!
沉闷的心脏打击我!露出河流与太阳
我漠视祖先
在这变异的时刻　在血红的山河
一种痛感升遍我全身!

大地微微颤动
我为何至今依然痛苦!
我的血和欲望之王
鼓!
我为何至今仍然痛苦!

(承受巨大失败和痛苦的一只血红的鼓在流血)

擂起我们流血的鼓面
滋生玉米　腐败的土地　变乱的太阳

鼓！节奏！打击！死亡！快慰！欲望！
鼓！欲望！打击！死亡！
退向旷野！退向心脏！退向最后的生存
变乱而嚣叫的荒野之神　血　污浊的血
热烈而黏稠　浓稠的血　在燃烧也在腐败

命定而黑暗！
鼓！打击！独立！生存！自由！强烈而傲慢！
血和命　只剩下我在大地上伸展腐烂的四肢
承受巨大失败和痛苦的一只鼓在流血
我的鼓使大地加快死亡步伐！

血！打击！节奏！生存！自由！
在海岸　　他们痛苦不安地吼叫
为了他们之中保留一面血腥的鼓
（这个人　像真理又像诗
　坐在烈日鼓面任我们宰杀）

（6月。夏。）

第六章　王

王，他双手提鸟，食着鸟头，张开双耳
倾听那牛羊的声音
岩石之王，性欲之王，草原之王
你上肢肥壮、下肢肥壮

名家作品精选

如岩石　如草原　如天堂的大厅
死亡只能使你改头换面

王
痉挛
腹部在荒野行走
一只月亮在荒野上行走
蓝色幽暗的洞窟
在荒野上行走

我　手执陶土的灯　野猪的灯
手执画笔　割下动物双眼的油脂
并割下在树林中被野猪撕咬的你
你身上的油脂
浓厚的油脂
涂抹在崖面

王，火焰的情欲
火焰的酒
酒上站立粮食
我的裸露
我的头颅
我的焚烧

王　请开口言语　光——要有光
这言语如同罪行的弓箭　寂静无声
众眼睁开　寂静无声
罪行的眼睛
雨的眼睛

四季的眼睛

"口含天使舍弃马匹的歌声
口含诸神舍弃圣地悲惨的歌声"
"夏季瞬间和芳香手指的歌
撒下洪水的歌
诸神扛着天梯撤离我们
撒下洪水的歌　玉黍和螺号重重的歌"

是我在海边看见了直立的全身光芒肩生双翅
　　的天使
脚登着火的天梯
天使如着火的谷仓升上天空
众神撤离须弥山　是我一具尸体孤独留下
我终于摔死在冷酷的地上　口含天使舍弃马
　　匹的歌
口含诸神舍弃圣地悲惨的歌声

众神从我微温的尸体上移开了种子

我的爪子是光明舞动的肝脏在高原上升
我的眼睛是一对黑白狮子正抛弃黎明
众神之手剥开我的心脏一座殷红如血的钟
众神之手从我微温的尸体上移开了种子

埋葬尸体的天空
光明陌生而有奇迹

光

名家作品精选

光明
光明中父亲双手
宰杀了我
杀害的尸体照红岩石
杀害如岩石照红云霞和山冈的棉花

我　一具太阳中的尸体
落入王的生日

一具太阳中的尸体　横陈
大地　犹如盲诗人的盲目

盲诗人的盲目是光明中
一只新娘咬在我头颅中

大地进入黄昏
掩饰悲惨的泥土
疲倦的泥土
河水拍岸
秋天遥遥远去
流离失所的众神正焚烧河流

尸体——那是我睡在大地上的感觉
雨雪封住我尸体
我尸体是我自己的妹妹
云朵中躲避雷电的妹妹
云朵下埋藏谷物的妹妹
名为人类

近似妹妹的感觉
近似长久的感觉
大地躺卧而平坦　如一个故乡

尸体是泥土的再次开始
尸体不是愤怒也不是疾病
其中只包含愤怒、忧伤和天才

人类没有罪过只有痛苦
太阳火光照见大地两岸的门窗
痛苦疲倦的泥土中有天才飞去

王啊　这是我用你油脂画出的图画和故事
在那似乎门楣和我稻麦环绕的窗户下
那声音的女人　香气的女人　大腿的女人
　　散花的女人
大片升起　乘坐云朵
脚趾美丽清澈
这些阴暗的花园　坐在不动的岩石上

这些鸟群
白色的鸟群
带来半岛、群岛、花朵和雨雪
这些阴暗的花园
她们来自哪里？
为什么她们轻蔑而理性地看着群岛的太阳？

王啊
肉体的你　许多你

名家作品精选

飞翔的大腿果实沉落洞底

蓝幽幽的岩石　在白云浮现的八月的山上
王啊
一只岩石裂开　凿开洞窟安慰你的孤寂

王啊
他们昏昏沉沉地走着
（肉体和诗下沉洞窟）
仿佛比酒还醉
大地没有边缘和尽头
（肉体和诗下沉洞窟）

蜂巢
比酒还醉
我梦见自己的青春
躺在河岸
一片野花抬走了头颅
蜜蜂抬走了我的头颅
在原野上　在洞窟中
甜蜜的野兽抬走了我的头颅
月光下
我的颈项上
开满了花朵
　　我
　如蜂巢
全身已下沉
存蕴泉水和蜜
一口井、洁净而圣洁

图画的蜜
如今是我的肉体
蜜蜂如情欲抬走了头颅
野兽如死亡抬走了头颅

(7月。夏。)

第七章　巨　石

诸神岩石的家乡
河流流淌
有何指望
问众神，我已堕落，有何指望
肉体像一只被众神追杀的
载满凶手的船只，有何指望
圣地有何指望
众神岩石的家乡

众神沉默　沉闷
而啜饮
在水
在河流
背负我肉体和罪过的万物之水上
众神沉默　沉闷啜饮

众神沉默
在我的星辰
在我的村庄沉闷啜饮
在这如泣如诉的地方

　　（有玉的国
　　　有猪的家）
巨石的众神，巨石巨石
能否拯救我们
（猪圈和肉体）
拯救这些陷于财富和欲望的五彩斑斓的锦鸡吧
岩石巨大的岩石
救救孩子
救救我们
巨大的岩石、岩石

岩石　不准求食和繁殖
只准死亡　只准死亡的焚烧　岩石！回答我！

岩石吼叫　岩石歌唱

歌唱然后死亡

一只灵魂的手　伸出岩石　不准求食与繁殖
一只灵魂的手众人痛苦的狮子
焚烧北方最后一次焚烧

岩石狂叫　岩石歌唱　岩石自言自语

（群岛上，死亡梦见的岩石
死亡梦见的太阳和平原的岩石）
岩石　从黑暗中诞生　大家裸露身体　露齿
狂笑

远远哭泣的太阳的脊背
头颅抬起,又在海面上沉沦
太阳的光芒、太阳全身的果树、岩石!

岩石吼叫!岩石歌唱
"如果我死亡
我将明亮
我将鲜花怒放"
大地痛苦叫着向天空飞去

火焰舔着我　红色裸体舔着我
裸体的羊群围着我　大片裸露的红色狮子舔
　　着我
我——这广阔的天堂　头颅轰然炸开
惊悸的大地　痛苦地叫着　向天空飞去
在这狮子和婴儿看护的睡眠的岩石上

惊悸的大地　痛苦地叫着　向天空飞去

一只头颅焚毁大地的公牛
大地黄金的森林中怀孕在哭泣
河流长存的暮雪焚烧大地果园

大地痛苦的诗!
大地痛苦尖叫向天空飞去
夜晚焚烧土地与河流　梦境辉煌

天空的红色裸体　高高举起我
一次次来到花朵

名家作品精选

太阳!
让岩石吼叫让岩石疯狂歌唱
饥饿无比的太阳　琴　采满嘴唇　潮湿的花朵
饥饿无比的太阳、天空的红色裸体、高举着我

饥饿无比的太阳
双手捧着万物归宿

太阳用完了我
太阳用完了野兽和人

岩石的花朵
孤独的处女
返回洞穴和夜晚

岩石的花朵
孤独的处女
露出群山
的麦和肢体!

在岩石上
我真正做到了死亡
在岩石上
我真正地
坐下。
大地无限伸展
双手摆动
啜饮万物的河流

岩石吼叫　岩石歌唱
（群岛上死亡梦见的岩石在天空上焚烧
太阳的焚烧茫然的大地居民的焚烧）

填满野兽和人的太阳
太阳！

焚烧万物的河岸　悬在空中

焚烧万物的岩石　歌唱的彩色的岩石　狂叫的
　岩石　悬在天空

焚烧万物的河岸在于我们内心黑暗的焚烧

——一块岩石　愤怒而野蛮　头颅焚烧
　　悬在半空

我们悬在空中，双目失明，吃梨和歌唱

焚烧万物的河岸　悬在天空——我们内心万
　物的黑暗
　　焚烧

敦煌在这块万物的岩石上
填满了野兽和人
的太阳

敦煌在我们做梦的地方
只有玉米与百合闪烁

名家作品精选

人生在世。
玉米却归于食欲。
百合虽然开放,却很短暂。

(8月。夏秋之交。)

第八章　红月亮……女人的腐败或丰收

大地那不能愈合的伤口
名为女人的马
突然在太阳的子宫里生下另一个女人
这匹马望着麦粒里的雨雪
心境充满神圣与宁静

马突然在太阳的子宫里生下一个女人
那就是神奇的月亮

大地的伤口先是长出了断肢残体
一截一截　悲惨红透
大地长出了我们的马　我们的女人
像是大地悲惨的五脏
突然破土而出

为什么会有这么多安睡的水?
会有这么多安详的水?灾难的水?
鸣叫之夜高高飞翔
对称于原始的水

犹如十五只母狼　带着水

哺乳动物的愿望
使你光着屁股　漂浮在水上

犹如一个战士　武装的人　剥下马皮　剥下
　羊皮
用冰河流淌的雪水　披在身上
写一首歌颂女人的诗　披在身上

月亮的表面吸附着女人的盐和女人的血
火灾中升起的灯光　把大地照亮
月亮表面粗糙不平　充满梦境
月亮的内心站着一匹忧伤的马　一个女人
用死亡的麦粒喂活她

人和悲惨的大地是如此相似
以致吸引凄苦的月亮
丰收的月亮　腐烂的月亮
你鳞片剥落
残暴轰击我的洞穴居民

马和女人披散着长发　　人们啊
我曾在水上呼唤过你们
船长为何粗鲁塞住你们的双耳低垂
那双手又为何被你们牢牢捆绑
在桅杆上不得挣脱

河流上忽然涌出了这些奇异的女人
这些光滑的卵石和母马
这些红色透明的蜜蜂　小小的腹部唱歌

名家作品精选

忧伤的胸前　果实微隆而低垂
包括嘴唇　你是三棵拥有桑葚的桑树

河流上忽然涌出了这些奇异的女人
忧伤的河水沉醉
涌上两岸浇灌麦地和金黄的王冠
内含丰收或腐败　一只王冠。
干草沁出香泽　微弱的湖泊飞舞

我在洛阳遇见你
在洛阳的水上遇见你
以泉水为绿发
以黄昏为马
花朵般腹部在荒野飞翔

那只领头的豹子在殷红如血的明月的河流上
飞翔　驱赶着我的躯体
——这些女人痛苦而暧昧。

灰蓝的豹子　黑豹子　这些梦中的歌手
骑着我的头颅　逼迫着暴君般的双手伸向河
岸上无知的
　果树
手和子宫　你从石头死寂中茫然上升

丰收时
望见透明的母豹　脉动的母豹
盘桓崖壁　再生小豹

丰收是女人的历程
女人是关在新马厩里忧郁的古马
竖起耳朵　听见了
秋天的腐败和丰收
月亮的内心站着一匹忧伤的马

豹子　在丰收中　骑着我的头颅
骑着这些抽搐而难产的母亲生产父亲

原始诸水的昔日宁静
今日被破坏无一幸存

月亮　土地的内脏倒退　回到原始的梦境
虎豹纷纷脱落于母亲

群狮举首水上
熄灭于月亮中

月亮这面貌无限阴沉的女人
这万物存在仪式中必备的药和琴

光明的少女脊背上挂着鹌鹑　翅膀乍开　稻
　谷飘香
　　　流水淙淙
一只手在平原上捡拾少女和雨水中的鹌鹑
光明照耀森林中马和妻子的身体叭叭响了

月亮　荒凉的酒杯　荒凉的子宫
在古老的

名家作品精选

幻觉的丰收中

手边的东西　并不能告诉
我们　什么又收进桶里
收进繁荣　敏锐　沉寂的桶

沉寂的桶
苦难而弯曲的牛角
容器　与贫乏的诗

在古老幻象的丰收中
腐败的土　低下头来
这诗歌的脚镣明亮

人们在河上乘坐香草和鱼群
在女人光滑的脊背上
我写着一首写给马匹的诗
(大意如此:)

月亮的马飞进酒中　痛楚地鸣叫
那是我酩酊大醉的女人
她们搂住泥土睡眠和舞蹈
她们仿照河流休息和养育

(9月。秋)

第九章　家　园

人们把你放在村庄

秋风吹拂的北方
神祇从四方而来　往八方而去
经过这座村庄后杳无音信

当秋天的采集者坐满天堂
边缘的树林散放着异香
提供孤独的平原
亲人啊　命运和水把你喂养

人们把你放在敦煌
这座中国的村庄
水和沙漠　是幽幽的篮子
天堂的笑容也画在篮子上

人们把你放在秋天
这座中国的村庄
秋风阵阵　在云高草低的山上
居住一个灵魂

秋天的灵魂啊
你忧愁
你美好
你孤独而善良

当我比你丑陋
我深爱你容貌的美好
当我比你罪恶
我钦佩你善良和高尚

隐隐河面起风
秋天的灵魂啊
怎样的疾病和泥土
使你成为女人

龙的女儿　她仍垂髫黄发
守着村庄的篱笆
衰老和泥土的龙
身上填满死去的青年

水和黎明
静静落下
闪烁青年王子
尸体果园的光

尸体头戴王冠
光芒和火焰的边缘
酷似井水的蓝色
当苇草缠绕秋天

大地敦煌
开放一朵花
一匹马　处女
飞出湖泊

这是一个秋天的果园
像裸体天空
光明的天空
长出枝叶　绿色的血

秋天的云和树
秋天的死亡
落入井水和言语
水井　病了又圆

家园
你脆弱
像火焰
像裸体
云冈　麦积山　龙门和敦煌
这些鹰在水上搬运秋天的头颅
果园和大地行程万里
头颅埋葬的北方　山崖睡眠　涌出秋天

在大地和水上
秋天千里万里
回到我们的山上去
从山顶看向平原

痛楚

秋天明灭

黎明　黄昏的苦木

树林
果园
酒
溢出果实

名家作品精选

远方就是你一无所有的家乡

风吹来的方向
庄稼熟了
磨快镰刀

坐在秋天
大地　美好的房子
风吹　居住在大地的灵魂
那时圣洁而美好

回到我们的山上去

（10月。秋。）

第十章　迷途不返的人……酒

迷途不返的人哪，你们在哪里？
我们的光芒能否照亮你的路
　　　　　　　　　　——叶赛宁

大地　酒馆中酒徒们捧在手心的脆弱星辰
漠视酒馆中打碎的其他器皿
明日又在大地中完整　这才是我打碎一切的
　真情

绳索或鲜艳的鳞　将我遮盖
我的海洋升起着这些花朵
抛向太阳的我们尸体的花朵　大地！

太阳的手　爬回树上　秘密的春之火在闪烁
破缺的王　打开大弓　羊群涌入饥饿的喉咙
大地绵绵无期

我们玉米身体的扩张绵绵无期
是谁剥夺了我们的大地和玉米

何方有一位拯救大地的人？
何方有一位拯救岛屿的人？拯救半岛的人
　何日安在

祭司和王纷纷毁灭　石头核心下沉河谷　养育
　马匹和水
大地魔法的阴影深入我疯狂的内心
大地啊，何日方在？

大地啊，伴随着你的毁灭
我们的酒杯举向哪里？
我们的脚举向哪里？

大地　盲目的血
天才和语言背着血红的落日
走向家乡的墓地

想想我是多么疲倦
想想我是多么衰老
习惯于孕育的火焰今日要习惯熄灭

绿色的妇女　阴郁的妇女　疯狂扑上一面猩

  红的大鼓
土地的大腿为求雨水　向风暴阴郁撕裂

绿色的妇女　阴郁的妇女
在瓦解中搂住我一同坐在燃烧的太阳和酒精中心

我在太阳中不断沉沦不断沉溺
我在酒精中下沉　瓦解　在空中播开四肢
大地是酒馆中酒徒们捧在手心的脆弱星辰

天使背负羽翼　光照雪山……幻象散失
光芒的马　光芒的麦芒　又侵入我的酒　我
 充满
  大地的头
诗歌生涯本是受难王子乘负的马
饮血食泪　苦难的盐你从大海流放于草原
迁徙、杀伐、法令和先知的追逐
皆成无头王子乘马飞翔

"我曾在河畔用水　粗糙但是洁净
我们大树下的家园
在大地的背面　我曾升起炊烟——"

"孩子　口含手指　梳理绿色的溪流
美丽果实神圣而安然"

"河畔秋风四起　女人披挂月亮银色的藤叶
男人的弓箭也长成植物
家园　为我们珍藏着诗歌　和用来劳动的斧头"

"如果没有水,石器不能投进冰河,木器不能
　潮湿做梦"

"当我从海底向你们注视——
事物、天空的儿女
聚拢在家中　如尸体。"

"茫然地注视河川
和我们自身的流逝
王子,你徒增烦恼"

故乡和家园是我们惟一的病　不治之症啊
我们应乘坐一切酒精之马情欲之马一切闪电
　　离开这片果园
　　　这条河流这座房舍这本诗集
快快离开故乡跑得越远越好!
(野花和石核下沉河谷)

快快登上路程　任凭风儿把你们吹向四面八方
最后一枝花朵你快快凋零
反正我们已不可救药

"回返的道路水波粼粼
有一次大地泪水蒙蒙"

大地　酒馆中酒徒捧在手心
漠视酒馆中打碎的其他器皿
这才是我打碎一切的真情

* * * *

辽远的　残缺的生活中的酒啊
请为我们倾倒
秋天　千杯万盏
无休无止的悲哀的秋天的酒啊　请为我们倾倒！

痛苦　放荡和家园　你这三位姐妹
乘坐酒的车子　酒的马
坐在红色庄稼上

酒　人类的皇后　雨的母亲　四季的情人
我在观星的夜晚在村落布满泪珠
猎鹿人的酒分布于草原之湖。

水上的
　一对孩子、吐出果核
双腿在苹果林中坐成夫妻

酒的刀
酒的刃
刃刃的刀刃

酒的刀
酒的芒刺
果实　泉水　皇帝
果实　牵着你的手　大地摇晃
麦穗的纹路　在你脊背上延伸　如刀刃　如
　火光

大地在深处　放射光芒
在靠近村庄的地方　一棵果树爆炸
我就是火光四起的果园
麦地无边无际　从故乡涌向远方
麦秆　麦秸　完整的麦地与远方　无边无际
　涌来
让酒徒坐在麦地中独自把杯盏歌唱

在花蕊的狮子和处女中
雪中果实沉落。

*　　　*　　　*　　　*

歌队长：一座酒馆　傍着山崖在夕阳下燃烧
　　　　是在寂寞的燃烧的一座酒馆
　　　　坐满圣人和妓女
　　　　你们是我的亲人
　　　　在夕阳下的家园借酒浇愁
众使徒：愤怒和游戏的酒啊！
　　　　老师　你已如痴如醉
　　　　愤怒和游戏的酒啊！
歌队长：洪水退去　战祸纷止
　　　　一个兵重返故里
　　　　一个幸存的农民
　　　　领着残剩的孩子
　　　　"老板　容我在这家酒馆暂且安身"
众使徒：这最后的屋顶摇晃
　　　　只剩下内心的谷仓
　　　　内心向着内心的谷仓，酒！

歌队长：母亲和水病了
　　　　我们对坐
　　　　（我和从我身上
　　　　脱下的公牛）
　　　　在酒馆里对坐
众使徒：如痴如醉的地方
　　　　溢出的多余部分
　　　　使两岸麦子丰收
歌队长：公牛在我身上
　　　　仿佛在故乡，踏上旧日道路
　　　　因而少言寡语
　　　　公牛在我身上
　　　　见一面，短一日，公牛病了
　　　　我开始惧怕
　　　　（人是大自然失败的产物）
　　　　雨打风吹
　　　　我最后的屋顶摇晃
　　　　我灵魂的屋顶摇晃
　　　　灯不安　守住自己的公牛
　　　　我在酒馆里继续公牛的沉重和罪
众使徒：在饮酒的时候
　　　　我们对坐——
　　　　心与树林中公牛倾听的耳朵
歌队长：星辰上那些兽主们举刀侵入土地
　　　　一两样野兽的头
　　　　在果实的血汁中沉浮
　　　　果木树林中高昂头颅嘶叫的野兽们
　　　　大火　光　在火之中心　在花蕊的
　　　　　狮子和处女

在酒中沉溺　呼叫诗人的名字

百合花一样歌唱的野兽啊！

听风缓缓地吹

百合花一样歌唱金雀花一样舞蹈的
　野兽啊！

一下一下听得见土壤灌进我体内
又一次投入大地秘密的殉葬
我的肉中之肉！殉葬
大地短暂而转动

众使徒：酒中的豹子　酒中的羊群
　　　面你而坐
　　　太阳在波浪上　驱赶着人群　果子
　　　　传递

歌队长：一只老野兽给我口诀：星宿韶美
　　　返回洞穴的雨水
　　　酒！太阳的舌头平放在群鸟与清水之上
　　　酒！飞禽的语言和吹向人类的和暖的风

退向忧愁的河流
斯河两岸有一只被野花熏醉的嘴唇
和一只笨拙的酒杯

一只孤独的瓮
平原一只瓮
一只瓮　粮食上的意外　故事和果

　　　　实装饰你
　　　一只瓮：沉思的狂喜　掠夺的狂喜

　　　"酒　千杯万盏　血中之血"
　　众使徒：果子传递
　　　　　手　长满一地
　　　　　花朵长满一地
　　　　　酒杯长满一地

（11月。秋冬之交。）

第十一章　土地的处境与宿命

婆罗门女儿
嫁与梵志子
生了一个儿子
又怀了孕

丈夫送她回娘家生产
带着大儿子一同上路
夜幕徐临树林子
丈夫熟睡在土地

夜枭声声
她生产疼痛
血腥引来蛇蟒
咬了丈夫

天亮她起身

痛不欲生
抱着一个　牵着一个
一步步走向娘家人

一条河
断道路
一条河上
无桥也无人

"娘先将弟抱过河"
把婴儿放在绿草丛
等她返身向着大儿子
大儿子不小心滚入河水中

河水之中
娘呆立
急流卷走
他儿童的声音

才又想起小婴儿
连滚带爬回草中
只剩血和骨
已喂饱狼儿碧绿的眼睛

夫亡子殇的女人
一步步走向娘家人
"你娘家不幸失火
全家人葬身火中"

她横身倒地
风将她吹醒
报丧的老人
将她带回家中

嫁给了一位酒鬼
不久又临盆
产子未毕
醉丈夫狂呼开门

她卧床难起
生产的疼痛
醉丈夫破门而入
打得她鼻青脸肿

凶残的手
撕碎婴儿
还以死相逼女人
吃下自己爱婴

夜深人静
她奔出大门
月亮照着
这女人

一路乞讨到
波罗奈河滨
一座大坟旁
她安身

遇见一位丧妻
哭祭的富人
怜情生爱意
又结为夫妻

日升月落不长久
新丈夫又染病
暴死在
女人怀中

因为波罗奈风俗
她被活埋坟中
同时还埋下不少
值钱的东西

一群盗匪
夜来掘墓盗金
透入空气
她又捡回性命

盗匪头子将她
拖回自己家中
强逼为妻不久
丈夫砍头处死

又把她和尸体
一起埋入坟中
三天后野狼
爪子刨开墓

吃尽了
死尸

她爬出墓穴
站立

这女人就是
大地的处境

（12月。冬。）

第十二章　众神的黄昏

一盏真理的灯
照亮四季循环中古老的悔恨

灯中囚禁的奴隶　米开朗琪罗
在你的宫殿镌刻我模糊的诗歌
割下我的头颅放在他的洞窟
为了照亮壁画和暗淡的四季景色

一盏真理的灯
我从原始存在中涌起，涌现
我感到我自己又在收缩　广阔的土地收缩为火
给众神奠定了居住地。

我从原始的王中涌起　涌现
在幻象和流放中创造了伟大的诗歌
我回忆了原始力量的焦虑　和解　对话

对我们的命令　指责和期望
我被原始元素所持有
他对我的囚禁、瓦解　他的阴郁
羊群　干草车　马　秋天
都在他的囚车上颠簸

现代人　一只焦黄的老虎
我们已丧失了土地
替代土地的　是一种短暂而抽搐的欲望
肤浅的积木　玩具般的欲望

白雪不停地落进酒中
像我不停地回到真理
回到原始力量和王座
我像一个诗歌皇帝　披挂着饥饿
披挂着上帝的羊毛
如魂中之魂　手执火把
照亮那些洞穴中自行摔打的血红鼓面
一盏真理的诗中之灯。

王　为神秘的孕育而徘徊雪中
因为饥饿而享受过四季的馈赠

那就是言语

言语

"壮丽的豹子
灵感之龙

闪现之龙　设想和形象之龙　全身燃烧
芳香的巨大老虎　照亮整个海滩
这灰烬中合上双眼的闪闪发亮的马与火种
狮子的脚　羔羊的角
在莽荒而饥饿的山上
"一万匹的象死在森林"
那就是言语　抬起你们的头颅一起看向黄昏

众神的黄昏　杀戮中　最后的寂静
马的苦难和喊叫
构成母亲和我的四只耳朵　倾听内心的风暴
和诗
季节循环中古老的悔恨

狮子　豹　马　羔羊和骆驼
公牛和焦黄的老虎　还有岩石和玫瑰
这是一种复合的灵魂
一种神秘而神圣的火　秘密的火　焦虑的火
在苦难的土中生存、生殖并挽救自己
季节是生存与生殖的节奏
季节即是他们争斗的诗
（众神的黄昏中土与火　他二人在我内心绞杀）
太阳中盲目的荷马
土地中盲目的荷马
他二人在我内心绞杀
争夺王位与诗歌

须弥山巅　巨兽仰天长号
手持牛羊壮美　手持光芒星宿

太阳—巨大后嗣　仰天长号
土……这复合的灵魂在海面上涌起

毙命的马匹　在海中燃烧
八月将要埋葬你，大地
用一把歌唱的琴　一把歌唱的斧头
黄昏落日内部荷马的声音

在众神的黄昏　他大概也已梦见了我
盲目的荷马　你是否仍然在呼唤着我
呼唤着一篇诗歌　歌颂并葬送土地
呼唤着一只盛满诗歌的敏锐的角

我总是拖带着具体的　黑暗的内脏飞行
我总是拖带着晦涩的　无法表白无以言说的
　元素飞行
直到这些伟大的材料成为诗歌
直到这些诗歌成为我的光荣或罪行

我总是拖带着我的儿女和果实
他们又软弱又恐惧
这敏锐的诗歌　这敏锐的内脏和蛹
我必须用宽厚而阴暗的内心将他们覆盖

天空牵着我流血的鼻子一直向上
太阳的巨大后代生出土地
在到达光明朗照的境界后　我的洞窟和土地
填满的仍旧是我自己一如既往的阴暗和本能

名家作品精选

我那暴力的循环的诗　秘密的诗　阴暗的元素
我体内的巨兽　我的锁链
土地对于我是一种束缚
也是阴郁的狂喜　秘密的暴力和暴行

我的诗　追随敦煌　大地的艺术
我的诗　在众神纠纷的酒馆
在彩色野兽的果园　洞窟填满恐惧与怜悯
我的诗，有原始的黑夜生长其中。

腹部或本能的蜜蜂
破窑或库房中　马飞出马
母牛或五谷中
腐败的丰收之手

那腹部　和平的麦根　庄严的麦根
在丛林中央嚎叫不懈的黄色麦根
在花园里　那腹部　容忍了群马骚动
我的手坐在头颅下大叫大嚷"你会成功吗"？

我一根根尖锐的骨骼做成笛子或弓箭。包裹着
女人，我的母亲和女儿，我的妻子
肉体暂且存在。他们飞翔已久。
他们在陌生的危险的生存之河上飞翔了很久。

而今他们面临覆灭的宿命
是一个神圣而寂寞的春天
天空上舞着羊毛般拳曲　洁白的云
田野上鹅一样　成熟的油菜

在这个春天你为何回忆起人类
你为何突然想起了人类　神圣而孤单的一生
想起了人类你宝座发热
想起了人类你眼含孤独的泪水
那来到冥河的掌灯人就是我的嘴唇
穿过罪人的行列她要吐露诗歌。
诗歌是取走我尸骨的鸟群
诗歌。

诗，像母马的手，沿着乳房，磨平石子
诗像死去的骨骼手持烛火光明
诗　是母马　胎儿和胃
活在土地上

果真这样？母亲沉睡而嗜杀
（坐在水中的墓地　进行这场狩猎
在那人怀沙的第一条大江
披水的她们从绿发之马下钻出
怀抱头颅
怀抱穷苦的流放的头颅——
这盏灯在水上亮着
镌刻诗歌）

我忘记了　我的小镇卡拉拉　石头的父亲
我无限的道路充满暮色和水　疼痛之马朝向
　　罗马城
父亲牵着一个温驯而怒气冲冲的奴隶
沿着没落的河流走来

我忘记了　只有他　追随贫穷的师傅学习了
　一生
灯中囚禁的奴隶　孤独星辰上孤独的手
在你的宫殿镌刻我模糊的诗歌。想起这些
石头的财富言语的财富使我至今辛酸

而他又干了些什么？
两耳　茫茫无声
一生骑着神秘的火　奢侈的火
埋下乐器，专等嘶叫的骆驼！

大地的泪水汇集一处　迅即干涸
他的天才也会异常短暂　似乎没有存在
这一点点可怜的命运和血是谁赋予？
似乎实体在前进时手里拿着的是他的斧子。

我假装挣扎　其实要带回暴力和斧子
投入你的怀抱

"无以言说的灵魂　我们为何分手河岸
我们为何把最后一个黄昏匆匆断送　我们为何
匆匆同归太阳悲惨的燃烧　同归大地的灰烬
我们阴郁而明亮的斧刃上站着你　土地的荷马"

一把歌唱的斧子　荷马啊
黄昏不会从你开始　也不会到我结束
半是希望半是恐惧　面临覆灭的大地众神请
　注目
荷马在前　在他后面我也盲目　紧跟着那盲
　目的荷马

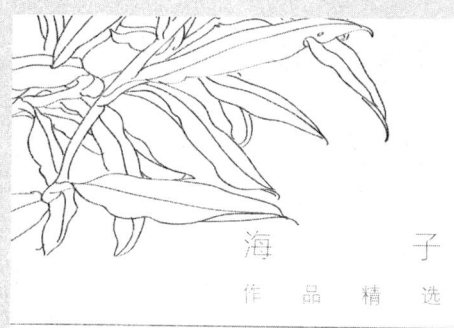

海　子
作　品　精　选

散文　小说

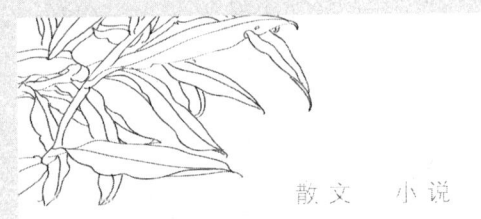

散文 小说

源头和鸟

河流的上游，通往山顶的小径上开满了鲜血一样红灼的花朵。树叶腐烂得像漫上了一层水，渴望着火光与抚爱。树洞和石窟里爬出粗大的人形。湖泊淹去了一半山地和丛林。愿望和祝福来到人间。枣红色马群像流体一样在周围飞逝。一队说不清来向和去处的流浪民族在迁徙。隐约的雪峰和草坡衬托着人群的丑陋。男性用粗硬的睫毛挡住眼睛后面的雨季。他们鼓乐齐天的生活背后透过一种巨大的隐隐作痛的回忆。贫瘠的山梁。我们从哪儿来？我们往何处去？我们是谁？一只红色的月亮和一两件被手掌嘴唇磨得油亮的乐器，伴随着我们横过夜晚。那只红月亮就像一块巨大的抹不掉的胎记。在一个七月的夜里我不再沉默，痛苦地给每一篝火送来了故事。关于母亲深夜被肚里孩子的双脚踢醒，关于脐带。关于情人的头发被我灼热的呼吸烧得卷曲，披下来盖住柔嫩的胸脯。关于雪里的种子和北方的忧伤。关于友谊和血腥的盾牌。关于落下来又飞上去的流星。关于铃兰和佩兰，关于新娘的哭泣。关于含有敌意的一双血污的手掌。关于公正、祷告和复仇。关于正义的太阳之光像鞭子一样抽在罪人的光脊梁上。关于牧歌和月亮神女。许多人醒来又睡去。许多人睡去又醒来。火堆边人影构成一块巨大的实体。最后我讲了鸟。充满了灵性。飞是不可超越的。飞行不是体力和智力所能解决的。它是一次奇迹。如果跨入鸟的行列，你会感到寂寞的。你的心脏在温乎乎的羽毛下伸缩着。你的心脏不是为防范而是为飞行所生。地上的枪口很容易对准你。在那蓝得伤心的天幕上，你飞着，胸脯里装着吞下去的种子，飞着，寂寞，酸楚，甚至带着对凡俗的仇恨。

村　庄

村庄，在五谷丰盛的村庄，我安顿下来我顺手摸到的东西越少越好！

珍惜黄昏的村庄，珍惜雨水的村庄，万里无云如同我永恒的悲伤。

取　火

水退了。平静地退了。世界像灭了火种的陶碗，湿冷而稳固。这时如果人们围成一团，他们将会缺少一个明显的中心。人缺少了定义自己的东西，金雀花和豺狼则缺少制约。人们在一串洞穴中爬行，只有你能使他们站立……这一次，水是真的退了。他没有变着法子骗她。他的脸像一匹马一样在暗中流汗，散着热气。她躺在那个世界上最高的山洞里，望见他像一只大黑鸟在洞口滑来滑去。由于长久的拥抱，他的手臂像两条常青藤从肩膀上挂下来。外面的水波不停地送来果树和死蛇的气味，使人不得不想起那时候他们在果园里光着脊梁的日子，肉体在地上显得湿润又自由。水涨的时候，他们像两只蛋一样漂进这高处洞穴中。她努力恢复意识和果园的经验，只凭着自己两只悬挂在他颈项的胳膊和那粗糙的温暖的沙子一样的嘴唇，活了这些日子。外面的水仍是寒冷的，他正看见太阳如一摊鲜血在燃烧。他有了一个愿望。于是他回到她身边，举止富于醉意，像一棵松树在风中庄严地摇摆。她继续像湿冷的大地一样躺着。大地更多地从水下裸露出来。是啊，是往这寒冷的居住的容器中放些什么东西的时候了。那东西在以前似乎有过，但记不确切了。他想：一切都得重新开始，于是他就开始了这个牺牲自己的历程。多年以后，这个该死的家伙，敲碎了所有洞中的石制工具，也没能找出那种致命的东西来。负罪的情感使他在平原上追逐野兽产生狩猎；砸裂土地产生农耕；长久的凝望自己，产生爱情。这还不能解决问题，而他倒提着一只巨熊，咬着它的肉体，像醉汉喝酒一样喝干了它的血汁，身上涂满了四季的巫术、玉米的芳香和牲畜的粪便。他在她身边的青草上抹干净手上的血腥，他使劲折断每头野鹿的角，还是没有发现那种东西。他把蛇头紧握手中，一下一下捏出带颜色的水来，那毒汁中有一种温暖的早期故乡火种的消息。他把那毒汁种在手心、手臂，乃至大腿、胸脯和乳头上。女人像日日成长的宽厚而耐心的花朵，在暗处瞧着他。没有一个人像他那样粗暴地残害过自己。他用血糊住眼睛，当了三年的瞎子。那些日子里他一直渴望着那东西，又亮堂又耀眼。他奔跑跃进，是一捆湿又重的大木头放倒在地。人们像蛇一样互相咬伤、繁殖时代。那东西高贵地挂在天上如一摊血迹。但这只是给他一些暗中的经验。那个东西像灾难的日子一样钉在他的肉体上。他骚动暴躁。他不能随遇而安。在一阵漫长而婉转的歌子中，在空地上舞蹈时，他把她带到那柄刀跟前，用刀在自己的胳膊上割开一个口子，把血涂在她的胸前。一言不发。他上路了。

　　他的头像黑狮子的头一样在密林深处消失。她则用头碰撞地面石块。鲜血蒙满了五官，像一口开放鲜花的五月水井。她没有声音地倒在地上。黄昏照着她，也照着水下的鱼，仿佛在说：谁也跑不了。只有他远远地踏着远方的草浪翻滚。野兽退向两边，低头吃土或者血肉。他想象一件事情远远的不可名状的来临。它们恐怖地把头更深地埋在土里。人的音乐、绳索和道路就在这时，不停地延伸。在这个美好的日子里，那女人在山洞旁头颅碰撞石块的声音一路传播，感动了许多人，促成了许多爱情，缔结了许多婚约；一路传播，通过婚礼中忧伤的汉子的歌声，在舞蹈和月亮下，一直传到前行的

他的耳畔。他于是坐下,坐在地上,静静地坐着,做了一个手势,似乎是要把月亮放在膝盖上,他知道她对自己的情意。那长发美发的头颅碰撞石块就像碰撞他的胸膛。胸膛里面心脏像石榴一样裂开。他拖着自己的肉体像拖着她的身体前行。沉重极了。

……那守候的巨鸟不肯转过头来。像割麦子一样,他割下自己的肉,扔向那边。巨鸟回过头来。巨鸟的眼睛正像思念中的眼睛。那鸟的眼睛正像呆笨的温情的她哭红的眼睛。不过,它是被火光映红。终于他的刀尖触到了巨鸟守护的火焰……但没有东西盛放,他的刀尖转而向内一指,他的头颅落下来……火焰完整地盛在里面。他提着头颅就像提着灯。上路。这是第一盏灯;血迹未干的灯,滑头的灯,尚未报答爱情的灯。

平原上的人们那夜都没有睡着。看见了他,提着头颅,又像提灯前来。里面有一点火种。无头的人,提火,提灯,在条条大河之上,向他们走来。

我的珍贵的妻子俯伏于地,接受了火种与爱情。

谷 仓

那谷仓像花瓣一样张开在原野上。像星星的嘴唇。像岩石和黎明的嘴唇一样张开。它没有光芒。因此必定是在地球上。这阴沉昏暗的行星,微微亮着,像是睁开了一只眼睛——看见了一件痛苦的事。又像是迟迟不肯熄灭的灯。人,散在灯的四周。

那是在草原上。那时还没有集体,没有麦地和马厩,森林离此地甚远。一种异兽在香气中荡漾。你就来了。你当然是主人公。我还没有想好你的名字。你就是我。

这样我就来到这里。日有白云,夜有星星,还有四季昭禾的河流。就这样我来到这颗星辰上。有一位叫"有"的小妇人早就在等待着我,像一口美丽红色的小棺材在等待着我。不过,我用我的双腿行走在小镇上。我来到这个被人抚摸的词汇和实体:小镇。再加上美丽的羽雀飞舞黄雀飞舞的黄昏，对了，还有蜻蜓飞舞。那个神采很好的人牵着我的马：白云。

记住，这是在放牧牛羊和快如闪电的思想的草原。

砍柴人和负柴人来了。他们睁着双眼做梦。他们不分白天黑夜地做梦又干活。他们都有美丽的马：白云。那马的颜色白得叫人心碎。砍柴人和负柴人来了。

这时小镇上的妇女们开始歌唱：

"谷仓啊谷仓……"

当大地上只有最初几个人的时刻，人们为了生存，不得不发出哭泣声，用以吸收阳光、麦芒和鳞甲彩色的舒展。

熟悉的浆果落入嘴唇。

探头亲吻。

不分男女。

但那时生死未分。实在是这样。生死未分。歌唱队这样说：时间是这三位女儿的父亲，那三位女儿在草原上逃得不知去向，那三位女儿就是我的命运。

这里走出了砍柴人和负柴人。他们如同江河的父亲一样缄默。他们在地上行走，不舍昼夜。人们看不见他们。他们在树林里伐木为薪；一个砍，一个背负。这样他们管理着那片名为"人类"的树林。树林里，他们劳动的声音如同寂静。一种寂静的劳作、孤独和混沌笼罩着寂寞的树林。那柴，那被砍下又被他们背负离去的柴，就是我们个体的灵魂。我们从本原自然生出。我们顺应四季和星星河流的恩泽而生、长大、又被伐下、为薪、入火、炼。但是那负柴人趋向何方，我们哪里知道？只有这两个人：砍柴人，负柴人。只有寂寞的"人类"的树林。星星河流在头上翻滚倾斜，多少代了，灵魂之柴被负往何方，我哪里知道？死亡的时刻并没有苦痛。我们被囚禁在这根人类意识之柴上，我们知道什么？缄默吧，伙计们，柴们，我们的砍柴人、负柴人也都如此缄默。

请如寂静无声的木柴，灵魂。

我们的众神只有两个：砍柴人和负柴人。他们是那位名叫"有"的美丽小妇人所生。记得他们在旷野的混沌中长大。他们是这样通过形式和躯壳被我们知道的：砍柴人叫太阳，负柴人叫月亮。他们是兄妹又是夫妻。他们劳作不止。就这样。

在一个仲夏的晚上，森林中奔出一位裸如白水的妹妹。她叫有。她可能是我的命运之一。我爱上她。她又逃得不知去向。她生了两个孩子，是我的孩子。我给他们取了个天体的名字：太阳和月亮。又取了个劳作的名字：砍柴人和负柴人。

这样，我在小镇妇女的歌唱中来到这里。

"谷仓啊谷仓……"

谷仓不可到达。

我记起了我的名字。我叫无。我是一切的父亲。

黎明在小国贤哲中升起。他们采摘香草来临诸岛。他们是人类树林第一批被伐下送走的树枝——柴薪，无情的太阳在焚烧，在砍伐不止！

遥寄兄弟，我那神秘的黑色僧侣集团。他们来到黄昏岩穴，他们鼻子尖尖、脸孔瘦削。他们身披黑色，思考作为柴薪的自身。其他人无非是活得好与坏之分，而对他们来说，生死问题尚未解决。黑色僧侣围火而谈。他们的言语低微不能抵达我耳。他们不曾误入人世。他们作为思索的树枝，是人类树林中优秀的第二树枝。在传火伐木无情的仪式中被砍下。如是，可怜痛楚的人民这时永远成了追求瞬间幸福的市民。教堂远了。只剩下酒馆、公共厕所、澡堂子。诸神撤离了这座城池。

如是我被囚禁在谷仓。

我这样自我流放、自我隐居于谷仓，通宵达旦。

我要一语道破这谷仓的来历。

当"情欲——死亡老人"在草原上拦劫新鲜美丽的灵魂——少女的时候，他就寄居在这里。如今我和"情欲——死亡老人"在这谷仓里共同栖身。我们在夜晚彼此睁大双眼凝视对方脱下衣服。当然，我不肯在他的目光下退缩。我们也有相安无事的时候。我们彼此愤恨和撕咬。我们这两个大男人，被永远囚禁在这同一谷仓里：混沌中最后的居所。

于是我们囚禁在这人类意识的谷仓。

我逃不出谷仓，这可耻的谷仓，肉体谷仓——人类的躯壳，这悲剧的谷仓之门。我逃不出"情欲——死亡老人"的眼睛盯视。我思索神之路兽之路。我思索逃出谷仓之门的遥远路程。我思索人类树林、砍柴人和负柴人。我思念遥远的草原上如麋鹿狂奔的三位少女，她们为自己美丽和变幻而狂奔。香气弥漫草原——安排我命运的美丽三姐妹的故乡啊！而我囚居人类命定的无辜的谷仓。

歌　手

我曾在一本漆黑霉烂的歌本上悟出了他的名字。那时的人们盛传他住在一条山谷，靠近西南区的一条河流。我便独自一人前去。我全身伏在那块羊皮筏子上走了好久，步行了三百里红土路，又独自一人伐木做成一只独木舟，才来到这座山谷。不过，我内心不能确定这条山谷。记得当时像是傍晚，我下了独木舟。取下我的枪支和火种。我在那山谷的林子里漫无边际地漂泊了很久，以至于后来的人们把我当成了那位歌手。是的，我曾是歌手。那能说明什么呢？只说明你有一段悲惨伤心的往事。就让我说自己吧。当时我写了几支歌。人们都非常喜欢听。尤其是那些纯洁的、饱经风霜、成天劳动的。我就活在这些人当中。但他们并不知道我是一位盗墓的。说到这里，我都有些不好出口。事情是这样的简单。就是，每写一支歌，我就要去那些方石墓群那儿挖掘一次。当然，那些歌儿是在人群中反复传唱。我却因夜里不断地挖掘和被幻影折磨，先是进了医院，后来又进了法院，最后进了监狱。当然我是很希望人们忘却这些往事，让我重新写歌，唱歌……但是我再也不能掘墓了。就这样，我上了羊皮筏子……听说有一位歌手……怎样怎样，如何如何……

事情就这样开始了。我就这样上路。这事一开始就非常奇怪,带着一种命定的色彩。我在河上漂流时反反复复想起那些树林子,那些在我掘墓时立在我周围的黑森森的树林子。这事情也不能怪我。在人群中歌唱,那可不是一种容易的事。我有时觉得自己像是这整个世界的新郎,爱得受不了万物;有时潮湿得就像一块水里捞上来的木头。

"给我月亮和身体,我保证造一个叫你十分满意的世界。"不过,说实在话,除却月亮和身体,我们也就什么都没有了。

在这条山谷里,偶尔我也能哼出一两句非常好听而凄凉的歌来。它迷人、赤裸、勾人魂魄,甚至置某些人于死地。我夸张了些。这不是我主要的事情。我的目的是要寻找我那位传说中已失踪多年的歌手,那漆黑霉烂歌本的吟唱人,那位在青春时代就已盛名天下的歌手。他离现在快七百年了。其实,和歌比起来,七个世纪算不了什么。可是,和七个世纪相比,歌手们又短暂又可怜,不值一提。那位歌手也许因为自己非常寂寞,才寄身于这条山谷,地狱之谷,或帝王的花谷。从表面上看来,这山谷地带并没有什么不同凡响的地方;可以说,它很不起眼。但是,它一定包含着不少罪恶与灵魂。因此它很有看头。这就是一切症结所在。我把舟筏停在这里纯系偶然。偶然决定不朽。加上岸上苍青色的树木使我瘦弱的身子显得有了主张。我想我可以看见什么样的树林埋我了。我当时就这样想。放一把火,在山谷,流尽热泪,在黑色灰烬上。这样,就有了黑色的歌。我的目光还曾滑过那些花朵。正是花朵才使这条山谷地带显得有些与圣地相称,显得有些名副其实,而且与那册黑漆霉烂的歌十分适当。花朵一条河,在烈日下流动。你简直没法相信自己能靠近她。我于是就靠近她。靠近了她。弃舟登岸。一切都规规矩矩的。好像到这时为止,都还没有什么曲折和错误发生。途中的一切连同掘墓的历史都飘然远去。在这野花之上,这便是歌。骨骼相挤,舌尖吐出,这便是歌。卧了许久,伏在大地上如饮酒般喝水,又发出歌声。对岸的人们说,这回,山谷地带,真的有了歌手。而我却在这样想：无论是谁，只要他弃舟登岸，中止自己漂泊，来到这里，生命发出的一切声音也会是歌。但谁会来呢？我沉沉睡去，醒来时发现那霉烂歌本早已不见。我这人却在丢失旧歌本的美丽清晨，学会了真正的歌唱，开始的时候只是某些音节，并没有词汇。后来文字就隐隐约约、零零星星出现，越来越密集。语言。有时出现在肩膀上、肚脐上。有时出现在头脑里。有时出现在大腿上。我通通把它们如果实之核一一放在舌尖上。体会着。吐出。它们，陌生的，像鸟一样，一只追一只。河面上响起了古老而真切、悠然的回声。河对岸的人们只当我就是那位歌手。我已弄不清楚，那位歌手是我还是他？那位歌手到底是有还是没有？我是进入山谷、地狱之谷、帝王之谷的第一人。那么，传说中的歌手又是谁呢？

初　恋

　　从前，有一个人，带着一条蛇，坐在木箱子上，在这条大河上漂流，去寻找杀死他父亲的仇人。

　　他在这条宽广的河流上漂泊着。他吃着带来的干粮或靠岸行乞。他还在木箱上培土栽了一棵玉米。一路上所有的渔夫都摘下帽子或挥手向他致意。他到过这条河流的许多支系，学到了许多各种方言，懂得了爱情、庙宇、生活和遗忘，但一直没有找到杀死自己父亲的仇人。

　　这条蛇是父亲在世时救活过来的。父亲把它放养在庄园右边的那片竹林中。蛇越养越大。它日夜苦修，准备有一天报恩。父亲被害的那天，蛇第一次蹿出竹林，吐着毒信子，在村外庙宇旁痛苦地扭动着身躯，并围着广场游了好几圈。当时大家只是觉得非常奇怪，觉得这事儿非同小可。后来噩耗就传来了。因此，他以为只有这条蛇还与死去的父亲保持着一线联系。于是他把它装在木箱中，外出寻找杀父的仇人。

　　在这位儿子不停地梦到父亲血肉模糊的颜面的时刻，那条蛇却

在木箱的底部缩成一团,痛苦地抽搐着,因为它已秘密地爱上了千里之外的另外一条蛇。不过那条蛇并不是真正的肉身的蛇,而只是一条竹子编成的蛇。这种秘密的爱,使它不断狂热地通过思念、渴望、梦境、痛苦和暗喜把生命一点一点灌进那条没有生命的蛇的体内。每到晚上,明月高悬南方的时刻,那条竹子编成的蛇就灵气萦绕,头顶上似乎有无数光环和火星飞舞。它的体格逐渐由肉与刺充实起来。它慢慢地成形了。

终于,在这一天早晨,竹编蛇从玩具房内游出,趁主人熟睡之际,口吐火花似的毒信,咬住了主人的腹部。不一会儿,剧毒发作,主人死去了。这主人就是那位儿子要找寻的杀父仇人。那条木箱内的蛇在把生命和爱注入竹编蛇的体内时,也给它注入了同样深刻的仇恨。

木箱内的蛇要不辞而别了。夜里它游出了木箱,要穿过无数洪水、沼泽、马群、花枝和失眠,去和那条竹编蛇相会。而它的主人仍继续坐在木箱子上,寻找他的杀父仇人。

两条相爱的蛇使他这一辈子注定要在河道上漂泊、寻找。一支火焰在他心头燃烧着。

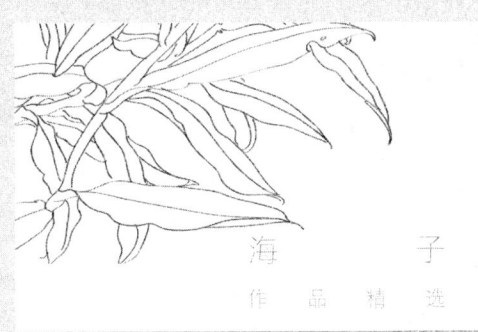

海　子
作品精选

诗学提纲

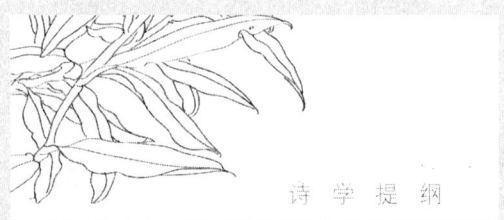

诗学提纲

诗学：一份提纲

辩　解

  我写长诗总是迫不得已，出于某种巨大的元素对我的召唤，也是因为我有太多的话要说。这些元素和伟大材料的东西总会胀破我的诗歌外壳。为了诗歌本身——和现代世界艺术对精神的垄断和优势——我得舍弃我大部分的精神材料，直到他们成为诗歌。
  在这一首诗（《土地》）里，我要说的是，由于丧失了土地，这些现代的漂泊无依的灵魂必须寻找一种代替品——那就是欲望，肤浅的欲望。大地本身恢弘的生命力只能用欲望来代替和指称，可见我们已经丧失了多少东西。
  在这一首诗里，与危机的意识存在，我写下了四季循环。对于我来说，四季循环不仅是一种外界景色、土地景色和故乡景色，更主要是一种内心冲突，对话与和解。在我看来，四季就是火在土中生存、呼吸、血液循环、生殖化为灰烬和再生的节奏。我用了许多自然界的生命来描绘（模仿和象征）他们的冲突，对话与和解。这些生命之兽构成四季循环、土火争斗的血液字母和词汇———一句话，语言和诗中的元素。他们带着各自粗糙的感情生命和表情出现在这首诗中。豹子的粗糙的感情生命是一种原生的欲望和蜕化的欲望杂陈。狮子是诗。骆驼是穿越内心地域和沙漠的负重的天才现象。公牛是虚假和饥饿的外壳。马是人类、女人和大地的基本表情。玫瑰与羔羊是赤子，赤子之心和天国的选民——是救赎和感情的导师。

鹰是一种原始生动的诗——诗人与天国合一时代的诗。王就是王。石就是石。酒就是酒。家园依然是家园，这些全是原始粗糙的感性生命和表情。

还有一层是古典理性主义给我的诗歌带来的语言，他们代表了作为形式文明和思辨对生命的指称，围绕着"道"出现了飞速旋转的先知、实体的车子，法官和他的车子、囚禁着乘客与盲目的宿命的诗人。古典理性主义携带一把天国的斧子，在失明状态下砍伐生命之树。天堂和地狱会越来越远，我们被排斥在天堂和地狱之外。我们作为形式的文明是立在这些砍伐生命者的语言之上的——从老子、孔子和苏格拉底开始。从那时开始，原始的海退去，大地裸露——我们从生命之海的底部一跃，占据大地；这生命深渊之上脆弱的外壳和桥；我们睁开眼睛——其实是陷入失明状态。原生的生命涌动蜕化为文明形式和文明类型。我们开始抱住外壳，拼命地镌刻诗歌——而内心明亮外壳盲目的荷马只好抱琴远去，荷马——你何日能归?!

上帝的七日

在上帝的七日里一定有原始力量的焦虑、和解、对话，他对我命令、指责和期望。

伟大的立法者……

　　"我从原始的王中涌起　涌现"

在上帝的七日里一定有幻想、伟大诗歌、流放与囚禁。

让我们先来看看上帝的第六日。

创造亚当实际上是亚当从大地和上帝手中挣脱出来。主体从实际中挣脱出来。男人从女人中挣脱出来。父从母、生从死挣脱出来。使亚当沉睡于实体和万物中的绳索有两条：大地束缚力（死亡意识）与上帝束缚力（奴隶的因素）。好像一个王子，母与父（王与后）是一个先他存在的势力。让我们从米开朗琪罗来看看上帝或主子的束缚力（也就是父亲势力）。

米开朗琪罗塑造了一系列奴隶——从天顶画到塑像，伴随主体（亚当、摩西、统治者）的总是奴隶——除裸体外身无一物的人——这裸体用以象征艺术家和人类自身。主体与奴隶实际上是合二为一的；这就是创造亚当的进程（所以巨匠＝上帝＋奴隶）。另外，母亲势力：实际上也就是亚当与夏娃的关系，指的是亚当从夏娃中挣脱出来（母亲就是夏娃），从母体的挣脱（这"母亲"就是《浮士德》中使人恐怖的万物之母），从大地和"元"中的挣脱，意识从生命的本原幽暗中苏醒——从虚无的生命气息中苏醒（古典理性主义哲学、苏格拉底和老子探讨的起点——当然他们还是以直观的逻辑为起点）。这也是上升时期的精神，在但丁、米开朗琪罗中明确显示。

而相反，创造夏娃是从亚当的挣脱，这是变乱世纪和世纪末的精神：以母为本，彻底意味着人追求母体、追求爱与死的宗教气质。母性原则体现在本世纪造型艺术上十分充分，追求精神、生命与抽象永恒，把形式、装饰和心情作为目标，不是塑造，无视主体形象的完满，而追求沉睡的生命自由，追求瓦解与元素的冥冥心情，这也是敦煌石窟壁画的精神——对于伟大的精神与死的心情的渴望。

本世纪艺术带有母体的一切特点：缺乏完整性、缺乏纪念碑的力量，但并不缺乏复杂和深刻，并不缺乏可能性，并不缺乏死亡和深渊。从卢梭和歌德开始了这场"伟大的自由的片断"——伟大的母体深渊的苏醒（很奇怪，歌德本人却是一个例外，后面会简略谈到）：夏娃苏醒在亚当肋骨的自由。

从希腊文化和文艺复兴那些巨匠的理想和力量中成长起来的却是心情、情感、瓦解、碎片和一次性行动意志的根本缺乏。

浪漫主义王子型诗人们是夏娃涌出亚当，跃出亚当的瞬间人（或是亚当的再次沉睡和疼痛？），卢梭是夏娃最早的咿呀之声……她的自恋与诉说……自然的母体在周围轰响、伸展，立方主义、抽象表现、超现实主义……本世纪这些现代倾向的抽象、矫饰或者元素的造型艺术更是初生女儿和人母夏娃眼神中的初次映象：精神本原

和心情零乱现象、零乱元素的合冶。

……而巨匠和行动创造性的、人格性的、奴隶和上帝的复合体亚当开始沉睡。

父亲迷恋于创造和纪念碑、行动雕刻和教堂神殿造型的壮丽人格。王子是旷野无边的孩子。母性和母体迷恋于战争舞蹈、性爱舞蹈与抽象舞蹈的深渊和心情。环绕人母和深渊之母（在泰西文明是圣母），先是浪漫主义王子（详见"太阳神之子"），后来又出现了一系列环绕母亲的圣体：卡夫卡、陀思妥耶夫斯基、凡·高、梭罗、尼采等，近乎一个歌唱母亲和深渊的合唱队，神秘合唱队。

现代主义精神（世纪精神）的合唱队中圣徒有两类，一类用抽象理智、用智性对自我的流放，来造建理智的沙漠之城，这些深渊或小国寡民至极的土地测量员（卡夫卡、梭罗、乔伊斯）；这些抽象和脆弱的语言或视觉的桥的建筑师（维特根施坦、塞尚）；这些近视的数据科学家和临床大夫（达尔文、卡尔、弗洛伊德），他们合在一起，对"抽象之道"和"深层阴影"的向往，对大同和深渊的摸索，象征"主体与壮丽人格建筑"的完全贫乏。应该承认，我们是一个贫乏的时代——主体贫乏的时代，他们逆天而行，是一群奇特的众神，他们活在我们的近旁，困惑着我们。

另一类深渊圣徒和一些早夭的浪漫主义王子一起，他们符合"大地的支配"。这些人像是我们的血肉兄弟，甚至就是我的血。"我来说说我的血"。

人活在原始力量的周围。

凡·高、陀思妥耶夫斯基、雪莱、韩波、爱伦·坡、荷尔德林、叶赛宁、克兰和马洛（甚至在另一种意义上还有阴郁的叔伯兄弟卡夫卡、理想的悲剧诗人席勒、疯狂的预言家尼采）都活在这种原始力量的心中，或靠近中心的地方。他们的诗歌即是和这个原始力量的战斗、和解、不间断的对话与同一，他们的对话、指责和辩白。这种对话主要是一种抒发、抒发的舞。我们大多数的人类民众们都活在原始力量的表层和周围。

在亚当型巨匠那里（米开朗琪罗、但丁、莎士比亚、歌德）又是另外一种情况。原始力量成为主体力量。他们与原始力量之间的关系是正常的、造型的和史诗的。他们可以利用自由所潜伏的巨大的原发性的原始力量（悲剧性的生涯和生存、天才和魔鬼、地狱深渊、疯狂的创造与毁灭、欲望与死亡、血、性与宿命、整个代表性民族的潜伏性）来为主体（雕塑或建筑）服务。歌德是一个代表，他在这种原始力量的洪水猛兽面前感到无限的恐惧（如他听贝多芬的某些音乐感到释放了身上的妖魔），歌德通过秩序和拘束使这些凶猛的元素、地狱深渊和魔法的大地分担在多重自我形象中（他分别隐身于浮士德、梅非斯特——恶魔、瓦格纳——机械理性、荷蒙库阿斯——人造人、海伦、欧福里翁、福尔库阿斯、守塔人林叩斯和女巫的厨房中）这些人对于歌德来说都是原始力量的分担者，同时又借他们完成了悲剧主体的造型。歌德通过秩序和训练，米开朗琪罗通过巨匠的手艺，莎士比亚通过力量和天然接受力以及表演天才，但丁通过中世纪神学大全的全部体系和罗马复兴的一缕晨曦（所有人都利用了文明中基本的粗暴感性、粗鄙和忧患——这些伟大的诗歌力量和材料），这"父亲势力"可与"母亲势力"（原始力量）平衡，产生了人格，产生了一次性行动的诗歌，产生了秩序的教堂、文明类型的万神殿和代表性诗歌——伟大的诗歌，造型性的史诗、悲剧和建筑（这就是父亲主体）。

但凡·高他们活在原始力量中心或附近，他们无法像那些伟大的诗人有幸也有力量活在文明和诗歌类型的边缘，他们诗歌中的天堂或地狱的力量无限伸展，因而不能容纳他们自身，也不会产生伟大的诗歌和诗歌人格——任何诗歌体系或类型。他们只能不懈而近乎单调的抒发。他们无力成为父亲，无力把女儿、母亲变成妻子——无力战胜这种母亲，只留下父本与母本的战争、和解、短暂的和平与对话的诗歌。诗歌终于被原始力量压垮，并席卷而去。

当然，后面我们将要谈到的人类集体创造的更高一层超越父与母的人类形象记录。他们代表一种人类庄严存在，是人类形象与天

地并生。

关于地狱……我将会在以后的岁月里向你们一一叙说……底层的神的灵感和灵魂的深层涌泉，代表着被覆盖的秘密的泉源。

在上帝的七日里，我看出第六日已是如此复杂与循环。所以历史始终在这两种互为材料（原始的养料）的主体中滑动：宗教与行动；母本与父本；大地与教堂。在这种滑动中我们可以找到多种艺术的根源，如现代艺术根源中对元素的追挖和"变形"倾向即是父本瓦解的必然结果。

创造亚当是人本的、具体的、造型的，是一种劳作，是一次性诗歌行动。创造夏娃是神本的、母本的、抽象的、元素的和多种可能性同时存在的——这是一种疯狂与疲倦至极的泥土呻吟和抒情，是文明末端必然的流放和耻辱，是一种受难，集体受难导致宗教、神。从亚当到夏娃也就是从众神向一神的进程。

而从母走向父：亚当的创造，不仅回荡滚动着大地的花香、欲情和感性，作为挣脱母体（实体和材料）的一种劳作，极富有战斗、挣扎和艰苦色彩——雕像的未完成倾向。希腊悲剧和意大利文艺复兴是两个典型的创造亚当的过程，带有鲜明的三点精神：主体、明朗、奴隶色彩（命运）和所挣扎的悲剧性姿态，而且在希腊悲剧和意大利文艺复兴各有巨匠辈出。

从夏娃到亚当的转变和挣扎——在我们祖国的当代尤其应值得重视——是从心情和感性到意志，从抒发情感到力量的显示，无尽混沌中人类和神浑厚质朴、气魄巨大的姿势、飞腾和舞蹈。亚当：之一，荷马的行动力和质朴未凿，他的黎明；之二，但丁的深刻与光辉；之三，莎士比亚的丰厚的人性和力量；之四，歌德，他的从不间断的人生学习和努力创造；之五，米开朗琪罗的上帝般的创造力和巨人——奴隶的体力；之六，埃斯库罗斯的人类对命运的巨大挣扎和努力——当然，这仅仅是一些典型。

伟大的诗歌

  伟大的诗歌，不是感性的诗歌，也不是抒情的诗歌，不是原始材料的片断流动，而是主体人类有某一瞬间突入自身的宏伟——是主体人类在原始力量中的一次性诗歌行动。这里涉及原始力量的材料（母力、天才）与诗歌本身的关系，涉及创造力化为诗歌的问题。但丁将中世纪经院体系和民间信仰、传说和文献、祖国与个人的忧患以及新时代的曙光——将这些原始材料化为诗歌。歌德将个人自传类型上升到一种文明类型与神话宏观背景的原始材料化为诗歌，都在于有一种伟大的创造性人格和伟大的一次性诗歌行为。

  这一世纪和下一世纪的交替，在中国，须有一次伟大的诗歌行动和一首伟大的诗篇。这是我，一个中国当代诗人的梦想和愿望。因此必须清算，扫清一下，对从浪漫主义以来丧失诗歌意志力与诗歌一次性行动的清算，尤其要对现代主义酷爱"元素与变形"这些一大堆原始材料的清算。

  我们首先必须认清在人类诗歌史上创造伟大诗歌的两次失败。

  第一次失败是一些民族诗人的失败，他们没有将自己和民族的材料和诗歌上升到整个人类的形象。虽然他们的天才是有力的，也是均衡的（材料与诗歌均衡），他们在民族语言范围内创造了优秀诗篇，但都没能完成全人类的伟大诗篇。他们的成功是个别的和较小的。他们的代表人物有普希金、雨果、惠特曼、叶芝、维加，还有易卜生等。我们试着比较一下歌德与普希金、雨果，他们可以说处在同一时代，歌德的《浮士德》就是我们前面提到的创造性人格的一次性诗歌行动——《浮士德》的第一部与第二部终于结合起来，浪漫世界的抒情主体与古典世界的宏观背景终于结合在一个形象中。原始形象的阴影（即青春的阴暗和抒情诗人的被动性阴影感知）终于转变并壮大成为创造行动，伟大的材料成为诗歌，而且完整。而在普希金和雨果那里则表现为一种分离：诗歌与散文材料的分离；

名家作品精选

主体世界与宏观背景（小宇宙和大宇宙）的分离；抒情与创造的分离。这些分离实际上都是一个分离，表现在作品上，普希金有《奥涅金》与《上尉的女儿》体现了分离和一次性诗歌行动的失败；雨果则是《历代传说》与《悲惨世界》体现了同样的分离和失败。这是第一次失败，一些非常伟大的民族诗人创造人类伟大的诗的失败。

第二次失败和我们的距离更近。我们可以把它分为两种倾向的失败：碎片与盲目。

碎片：如本世纪英语诗中庞德和艾略特就没能将原始材料（片断）化为伟大的诗歌，只有材料，信仰与生涯、智性与悟性创造的碎片。本世纪的多数艺术家（创造性的艺术家）都属于这种元素性诗人（碎片与材料的诗人：如卡夫卡的寓言性元素和启示录幻景的未完成性；乔伊思的极端语言实验倾向与内容文体的卑微；美国文人庞德与艾略特的断片；音乐家瓦格纳的神话翻版），还有?！大出"元素与变形"一格的造型艺术家（塞尚、毕加索、康定斯基、克利、马蒂斯、蒙德里安、波洛克与摩尔）还有哲学诗人和哲学戏剧家加缪和萨特。这些人与现代主义精神的第一类圣徒（奇特的众神）是等同或十分接近的。

第二种失败里还有一种是通过散文表达那些发自变乱时期本能与血的呼声的人。从材料和深度来说，他们更接近史诗这一伟大的诗歌本身，可惜他们自身根本就不是诗歌。我们可以将这些史诗性散文称之为盲目的诗或独眼巨人——这盲目的诗体现了某些文明的深刻变乱，尤其是早些时候的俄罗斯和今日的拉美。斯拉夫的俄罗斯、变乱中的农民创造了这样一批独眼巨人：《卡拉罗夫斯兄弟》（陀思妥耶夫斯基）、《战争与和平》（托尔斯泰）与《静静的顿河》（肖洛霍夫）等。他们没有也不可能把这些伟大的原始材料化成伟大诗歌。他们凭着盲目的史诗与悲剧的本能、暗中摸索与血的呼声进行巨型散文的创造。另外就是今日的拉美文坛。他们也是处在某种边缘和动乱、混血的交结点上，再加上优秀的西班牙语言之血（《堂吉诃德》）。但是他们的成就似乎是复杂多于深（或因为疯狂的西班牙语言，他们喜剧色彩较重，缺乏隆重严肃的史诗和悲剧），而且确实有待深化。另外还有一些别的民族的诗人，如美国的麦尔维尔（《白鲸》）和福克纳，英语的悲剧诗人哈代（但染上了那个时代的感伤）和康拉德（不知为什么他的成就没有更大）。这都源于文明之下生命深处血的兆始和变乱。本质上，他们是盲目的大地诗人，接近于那些活在原始力量中心的第二类众神。

在伟大的诗歌方面，只有但丁和歌德是成功的，还有莎士比亚。这就是作为当代中国诗歌目标的成功的伟大的诗歌。

当然，还有更高一级的创造性诗歌——这是一种诗歌总集性质的东西——与其称之为伟大的诗歌，不如称之为伟大的人类精神——这是人类形象中迄今为止的最高成就。他们作为一些精神的内容（而不是材料）甚至高出于他们的艺术成就之上。他们作为一批宗教和精神的高峰而超于审美的艺术之上，这是人类的集体回忆或造型。我们可以大概列举一下：①前2800—前2300年的金字塔（埃及）；②公元4世纪—14世纪，敦煌佛教艺术（中国）；③前17—前1世纪（《圣经·旧约》）；④更古老的无法考察不断恢弘的两大印度史诗和奥义书；⑤前11世纪—前6世纪的荷马两大史诗（希腊），还有《古兰经》和一些波斯的长诗汇集。

这是人类之心和人类之手的最高成就，是人类的集体回忆或造型，他们超于母本和父本之上，甚至超出审美与创造之上，是伟大诗歌的宇宙性背景。

与此同时，我还想在我的诗学中表达一种隐约的欣喜和预感：当代诗学中的元素倾向与艺术家集团行动集体创造的倾向和人类早期的集体回忆或造型相吻合——人类经历了个人巨匠的创造之手之后，是否又会在二十世纪以后重回集体创造？！

朝　霞

（今夜，我仿佛感到天堂也是黑暗而空虚）

　　所有的人和所有的书都指引我以幻象，没有人没有书给我以真理和真实，模仿的诗歌，象征的诗歌，《处罚东方、处罚诗歌问题言论论集》——这是我一本诗集的名字。
　　印度幻象和犹太幻想，以此为始原、根底和材料，为富有，长出有关"彻底"的直观：宗教、艺术——以及他们的建筑和经典。
　　幻象——他，并不提高生活中的真理和真实（甚至也不启示），而只是提高生存的深度与生存的深刻、生存深渊的可能。
　　从深渊里浮起一根黄昏的柱子，虚无之柱，根底之主子，"虚无"闪烁生存之岸包括涌流浇灌的欲望果园填充以果实以马和花，这就是可能与幻想的诗。
　　《在我的黄昏之国里果实与马基本平静下来了虽然仍有风暴滚动，但这些都不会奉献真理和真实的光辉》要不然干脆就从光辉退回一种经验，但在这里仍无真实可言。
　　我要说，伟大而彻底的直观，关于"彻底"（或从无生有）的直观（宗教和艺术）也并不启示真理与真实，这种"彻底"的诗歌是叙说他自己行进在道上的惟一之神——却不是我们的真理和真实。
　　提高人类生存的真理性和真实性——在人类生活中从来就没有提出过，也从来就不是可能的，人类生存和人类生活中的几项基本目标相距遥远，不能相互言说和交谈，更谈不上互相战斗和包含，甚至，应该说，恐怖也没有直接而真实地到达人生，仍然只是幻想之一种,诗歌之一种。

人生的真理和真实性何在,无人言说,无人敢问,一切归于无告和缄默。

当然,幻象的根基或底气,是将人类生存与自然循环的元素轮回联结起来加以创造幻想。如基督复活与四季景色,可能爱琴海西风诺岛——希腊世界——或者说,盲人荷马,他仅仅停留在经验世界,仅仅停留在经验的生存上,没有达到幻象的生存(这应归功于地中海水的清澈和岛屿岩石的坚硬)更没有到达真理与真实,那么,歌德,他的古典理想,也就是追求这种经验的生存(此时此刻)——此时此刻最为美好的经验生存,诗歌生存之"极"为自然或母亲,或黑夜,所以《浮士德》第一卷写了三场"夜",浮士德哥哥之死,恶魔携带你的飞翔,在《浮士德》第二卷写了空虚中的母亲之国:

> 我真不愿泄漏崇高的秘密——
> 女神庄严地面临寂境之间,
> 周围没有空间,也没有时间,
> 谈论她们,也会惹起麻烦,
> 她们叫母亲!
> ……
> 无路!无人去过
> 无法可求,这条路无人去过,
> 无法可求,你准备去走一遭?
> 无锁可开,也无门闩可移开,
> 你将被一片寂寥四面包围,
> 你可了解什么是荒芜和空虚?
> ……
> 而永远空虚的远处却渺渺茫茫,
> 你听不到自己的足音,

> 你要乘下,却并无实物可寻,
> ……
> 凭你们的名义,母亲们,你们君临
> 无涯之境,永远寂寥凄清,
> 而又合群,活动的生命的形象,
> 但并无生命,在你们四周彷徨,
> 在光与假象中生存有过的一切,
> 在那里蠢动,他们想永远不灭,
> 万能的女神,你们将他们派遣,
> 派往白昼和黑夜的苍穹下面。

而这仍旧是"真正的空虚"的边缘,因为还有母亲们,实际上,这"母亲"也是幻象,也是诗人的召唤而来,就像但丁在流放中召唤一些曾经活过而今日死去的一切伟大幽灵,把这些"母亲和幽灵"扫去,把这些诗歌幻象扫去,我们便来了真正的空虚。

再如,陀思妥耶夫斯基就贯穿着基督教的幻象,他是幻象诗人——幻象,正是歌德早就言中,"不是罪犯就是善人,不是凶手就是白痴",而尼采可能是沙漠和先知的幻象家——其实他们在伟大幻象沙漠的边缘,基督世界的边缘,他赞同《旧约》中上帝的复仇,他仅仅更改了上帝的名姓,并没有杀死上帝,而只杀死了一些懦弱的人类,他以攻为守,以刃为床,夺取幻象诗歌的地方。

幻象是人生为我们的死亡惨灭的秋天保留的最后的一个果实,除了失败,谁也不能触动他,人类经验与人类幻象的斗争,就是土地与沙漠、与死亡逼近的斗争,幻象则真实地意味着虚无、自由与失败(——就像诗人的事业和王者的事业:诗歌),但决不是死亡,死亡仍然是一种人类经验,死亡仍然是一种经验,我一直想写这么一首大型叙事诗:两大民族的代表诗人(也是王)代表各自民族与生命为代价进行诗歌竞赛,得胜的民族在歌上失败了,他的王(诗人)在竞赛中头颅落地,失败的民族的王(诗人)胜利——整个民族惨灭了、灭绝了,只剩下他一人,或者说仅仅剩下他的诗,这就幻象,这仍然只是幻象。

这就是像一根火柱,立于黄昏之国,立于死亡灭绝的秋天,那火柱除了滚滚火光和火光的景象之外,空无所有——这就是落日的景色,这就是众神黄昏,这就是幻象。

但是我……我为什么看见了朝霞

为什么看见了真实的朝霞?!

幻象他燃烧,落日他燃烧,燃烧吞噬的是他自身,就像沙漠只是包围沙漠自身——沙漠从未涉及欲望的田园,欲望之国:土地。

如果幻象等于死亡,每一次落日等于死亡(换句话说,沙漠等于死亡)——那么一切人类生存的历史和生活地平线将会自然终止、永远终止,这就是诗人们保存到最后的权利,最后的盾牌,阵地和举手投降的姿势(犹如耶稣),这就是为诗—辩的理由和道理,幻象的沙漠上诗人犹如短暂的雨季的景色语言,急促、绝望,而其实空虚、拼命反击却不堪一击,不断胜利却在最后失败,倒在地上五窍流着血污而收入黄昏之国,收入死亡的灭绝的秋天,沙漠缄默的王担着他的棺木行于道上。

沙漠缄默的王担着他的棺木行于道上,看见了美丽无比的朝霞。

应该说,生存犹如黄昏,犹如沙漠的雨季一样短促,冲动而感性,滋养着幻象的诗歌,如果从伟大的幻象或伟大的集体回忆回到个体——就会退回到经验的诗歌:文艺复兴造型艺术和歌德一生,希腊在这颗星球上永远如岛屿一样在茫茫海水中代表个体与经验的诗歌,他与幻象世界(印度、犹太)的区别——犹如火焰与黄昏落日之火(光)的区别,如营寨之火与落日辉煌的区别,希腊代表了个体与经验的最高范例与最初结合,总有人从黄昏趋向于火焰,或曰:落日脚下到火焰顶端是他们的道和旅程,是文艺复兴和歌德一生,他们这些巨匠和人类孤单的个体意识之手,经典之手在茫茫黑夜来临之前已经预兆般提前感受到夜晚的黑暗和空虚,于是逃遁于

火焰逃向火焰飞向火焰的中心（经验与个体成就的外壳燃烧）以期自保，这也是人类抵抗死亡的本能之一，歌德是永远值得人们尊敬的，他目标明确，不屈不挠，坚持从黄昏逃向火焰。

今夜，我仿佛感到天堂也是黑暗而空虚的，那些坐在天堂的人必然感到并向大地承认，我是一个沙漠里的指路人，我在沙漠里指引着大家，我在天堂里指引着大家，天堂是众人的事业，是众人没意识的事业，而大地是王者的事业，走过全部天堂和沙漠的人必是一个黑暗而空虚的王，存在与时间是我的头骨（我的头骨为仇敌持有的兵器），而沙漠是那锻炼的万年之火，王者说：一万年太久，是这样黑暗而空虚的一万年，天堂的寒流滚滚而来。

我，只能上升到幻象的天堂的寒冷，冬夜天空犹如体美凛冽而无上的王冠一顶，照亮我们黑暗用污浊的血液，因此，在这种时刻尼采赞成歌德，"做地上的王者——这也是我和一切诗人的事业"。

但我瞻望幻象和天堂，那些坐在寒冷的天空华堂和大殿中漠然的人们，天堂，是华美无上和寒冷的，而我们万物与众生存在的地方是不是藏有欢乐？

"欢乐——即血，我的血中也有天堂之血
魂魄之血也有大地绿色的相互屠杀之血"

血，他的意义超出了存在，天空上只有高寒的一万年却无火，无蜜，无个体，只有集体抱在一起——那是已经死去但在幻象中化为永恒的集体。

大地却是为了缺乏和遗憾而发现的一只神圣杯子之血事业和腥味之血罪行之血喜悦之血烈火焚烧又猝然熄灭之血

国度，滚动在天空，掉下枪支和蜜——
却围着美丽夫人和少女燃烧
仿佛是营火中心，漂泊的路

沙　漠

I

她假借一切的名义报复我——和我自己相遇在我自己的心中，犹若尘埃，女性那紫色恍惚若火焰的混乱——本世纪世纪病，对自然、文化和语言三"极"的报复、施虐，她同时充当了刽子手和受害人和刑具和惨绿的渗出的血，惟一的怪胎是艺术家（这是"人造人"式的艺术家、计算机语言式的艺术家）背离了旷原和无边的黑暗。我们的时代产生了艺术崇拜的幻象：自恋型人格。

我们缺少成斗的盐、盛放盐的金斗或头颅、角、鹰，而肉一经自恋之路软化，甚至"伟大"也无法通过"自然"或"文化""语言"化身为人，缺乏"伟大"化身为人的苍茫时刻——无边黑暗的时刻——盲目的时刻——因为大家忙于"自恋和自虐"中。

而现在，到处挥舞的不是火焰，大家远离了痛苦的石和痛苦的山，大家互相模仿、攻击，但并非真正的深入肺腑的诉说与对话而是在闹市上在节日里大家随身携带的语言的狩猎人、狙击手和游牧民的面具。

惟有阴森森的植物和性爱发自内心
她们是"原始的母亲"之桶中逃出的部分

我则成长孕育于荒野的粗糙与黑暗

大野的寂静与黑暗

神话是时间的形式,生活是时间的肉体和内容,我坐在谷仓门前,我要探讨的是,在时间和生活中对于神的掠夺是不是可能的?!

大自然是不是像黄昏,殷红的晚霞一样突然冲进人类的生活——这就是诗歌(抒情诗),那么,在什么时候,什么地方,人的浑浊和悲痛的生活冲进大自然,那就产生了悲剧和史诗(宏伟壮丽的火与雪)(景色和村落),什么时刻,一个浑浊而悲痛创伤的生活携带着他的英雄冲入自然和景色,并应和着全部壮观而悲剧起伏的自然生活在一起——时间就会在"此世"出现,并照亮周围和他世。

时间有两种,有迷宫式的形式的时间:玄学的时间,也有生活着的悲剧时间,我们摇摆着生活在这两者之间,并不能摆脱,也并不存在对话和携手的可能,前者时间是虚幻的,笼罩一切的形式,是自身、是上帝,后者时间是肉身的浑浊的悲剧创痛的、人们沉溺其中的,在世的,首先的,是人,是上帝之子的悲剧时间、是化身和丑闻的时刻,是我们涉及存在之间的惟一世间时间——"在世"的时间,我们沉溺其中,并不指望自拔。

猛犸的庆典(大纲)

之一:黏土
——他与十万人马同归于尽
黑色的　猛烈的　狂乱的　挑衅的　肉体
之二:猛禽、野骆驼
我从一本简易的自然教科书一字不改地抄录于下:
鸟类的迁徙,通常一年两次,一次在春季,一次在秋季,春季的迁徙大都是从南向北,由越冬地区飞向繁殖地区,秋季的迁徙,大都是从北向南,由繁殖地区飞向越冬地区,各种鸟类每年的迁徙时间都是很少变动的。

鸟类迁徙的方向,多半是南北纵行的。但是,几乎没有一种鸟是从它的繁殖地区笔直飞往越冬地区的，候鸟迁飞的途径都是常年固定不变的，而且往往沿着一定的地势，如河流、海洋线或山脉等飞行，许多种鸟类，南迁和北徙，是经过同一条途径。

鸟类迁飞的时候，常常集结成群，

个体大的鸟类，如鹤和雁，经常排成"一"或"人"；

个体中的鸟类，如家燕，组成稀疏的鸟群，

猛禽类常常是一个一个的单独飞行，彼此保持一定的距离；

绝大多数鸟类在夜间迁飞，猛禽大多在白天迁飞。

[我加几句注解：哲学家和艺术家的区别，哲学家是抽象的个体、人本的逻辑自恋，而艺术家的"自恋"和人本泛及世界，泛及一切周围的生灵，她们隐退为"奥秘"，——人性的可疑之处则隐退为"秘密"——"秘密"隐退为众神——真正的艺术家在"人类生活"之外展示了另一种"宇宙的生活"（生存），人类生活不是"生存"的全部。"生存"还包括与人类生活相平行、相契合、相暗合、相暗示的别的生灵别灵性的生活——甚至没有灵性但有物理有实体有法律的生活，所以说，生存是全部的生活：现实的生活和秘密的生活（如：死者、灵魂、景色、大自然实体、风、元素、植物、动物、器皿）这种"秘密的生活"是诗歌和诗学的主要暗道和隐晦的烛光]

之三：种族的阴影

时间——化身为我——称之为人、语言、丑闻。有人说这个时辰，已经离开海平线几个时辰了。

之四：秘密

黑暗王国的秘密谈话

之五："内在的空虚"

　　　　——你是我的猎人

　　　　　　形　　散开

在猎人之家　　物理　　散开　　　在天空飞舞

　　　　　　黄金　　散开

之六：陌生人——斧子或刀条形村落停尸房（我无魂而驻此为肉）死亡弓箭手手握生活原箭杆，而死亡被体验到时才成为毁灭，大地荒芜，命运为生活命名。

之七：北方的缄默者

Ⅱ

作为土地的贵族何日交出他们晦暗无光的酒柜？

酒柜又被哪些暴徒劈开，点成火把？

从贵族移交给平民的时刻何日到来？是否已经到来？

贵族是血、躁动、杰作、宗教、预感、罪恶感、沉闷、忏悔、诉说不休、乞求被钉上刑柱。

平民是革命，现在，行动、号角、金光闪闪的分粮的斗、暴徒、火把、旗帜。

贵族会被这个革命（革命是平民的现代式）——意大利——伦敦（经济）——巴黎（政治）——德意志（思想）——彼得堡（社会）——汉（文化）席卷和碾压。

贵族只有求助于过去，求助于阴暗沉重的——"极"：土地。

而平民将使一切简单，用革命。

Ⅲ

老女奴被囚禁在语言的监牢中

活下去——老女奴——即使在语言残酷的监牢中你也要活下去，因为包括牢房在内的你的大地必将因你而得救。诸界之王皆归顺于囚禁于语言的老母——老女奴。老女奴虽已被诸界之王的隐匿的暴力折磨得遍体鳞伤。

羊角长在一张纯洁的羊皮子

老女奴同时又像一个女婴无形而喑哑
老女奴,囚禁在日常语言中
囚禁在一首被遗忘的诗中

王子·太阳神之子

我要写下这样的一篇序言，或者说寓言，我更珍惜的是那些没有成为王的王子。代表了人类的悲剧命运。命运是有的。她不管你承认不承认，自从人类摆脱了集体回忆的创作（如印度史诗、旧约、荷马史诗）之后，就一直由自由的个体为诗的王位而进行血的角逐。可惜的是，这场角逐并不仅仅以才华为尺度。命运她加手其中。正如悲剧言中，最优秀最高贵最有才华的王子往往最先身亡。我所敬佩的王子行列可以列出长长的一串：雪莱、叶赛宁、荷尔德林、坡、马洛、韩波、克兰、狄兰……席勒甚至普希金。马洛、韩波从才华上，雪莱从纯洁的气质上堪称他们的代表。他们的疯狂才华、力气、纯洁气质和悲剧性的命运完全是一致的。他们是同一个王子的不同化身、不同肉体、不同文字的呈现、不同的面目而已。他们是同一个王子，诗歌王子。太阳王子。对于这一点，我深信不疑。他们悲剧性的抗争和抒情，本身就是人类存在最为壮丽的诗篇。他们悲剧性的存在是诗中之诗。他们美好的毁灭就是人类的象征。我想了好久，这个诗歌王子的存在，是继人类集体宗教创作时代之后，更为辉煌的天才存在。我坚信，这就是人类的命运，是个体生命和才华的命运。它不同于人类早期的第一种命运，集体祭司的命运。

从祭司到王子，是人的意识的一次苏醒，也是命运的一次胜利。在这里，人类个体的脆弱性暴露无遗。他们来临、诞生、经历悲剧性生命充盈才华焕发的一生，就匆匆退场，都没有等到谢幕。我常常为此产生痛不欲生的感觉，但片刻悲惨过去，即显世界本来辉煌的面目，这个诗歌王子，命定般地站立于我面前，安详微笑，饱含了天才辛酸。人类吗，此刻我是多么爱你。

　　当然，还有一些终于为王的少数。但丁、莎士比亚、歌德就是。命运为他们安排了流放、勤奋或别的命运。他们是幸运的。我敬佩他们。他们是伟大的峰顶。是我们这些诗歌王子角逐的王座。对，是王座，可望而不可即。在雪莱这些诗歌王子的诗篇中，我们都会感到亲近。因为他们悲壮而抒情，带着人性中纯洁而又才华的微笑，这微笑的火焰，已经被命运之手熄灭。有时，我甚至在刹那间，觉得雪莱或叶赛宁的某些诗是我写的。我与这些抒情主体的王子们已经融为一体。而在我读《神曲》时，中间矗立着伟大的但丁。用的是但丁的眼。他一直在我和他的作品之间。他的目光注视着你。他领着你在他王座周围盘桓。但丁啊，总有一天，我要像你抛开维吉尔那样抛开你的陪伴，由我心中的诗神或女神陪伴升上诗歌的天堂。但现在你仍然是王和我的老师。

　　这一次我全然涉于西方的诗歌王国。因为我恨东方诗人的文人气质。他们苍白孱弱，自以为是。他们隐藏和陶醉于自己的趣味之中。他们把一切都变成趣味。这是最令我难以忍受的。比如说，陶渊明和梭罗同时归隐山水。但陶重趣味，梭罗却要对自己的生命和存在本身表示极大的珍惜和关注。这就是我的诗歌的理想，应抛弃文人趣味，直接关注生命存在本身。这是中国诗歌的自新之路。我相信这一点，所以我要写他们。泰西的王或王子，在《太阳》第一篇中我用祭司的集体黑暗中创作来爆炸太阳。这一篇我用泰西王子的才华和生命来进行爆炸太阳。我不敢说我已成功，我只想呈现生命。我珍惜王子一样青春的悲剧和生命。我通过太阳王子来进入生命。因为天才是生命的最辉煌的现象之一。我写下了这些冗长琐屑的诗行（参见《土地》）愿你们能理解我，朋友们。

曙光之一

下面是1987年11月15日夜录的《太阳地狱篇》草稿的标题。上帝的枪血色月亮的银色号角。诗歌始皇帝。蓝种子——生命。在沙漠上只能养活语言。热带、沙漠和西藏像三只悲伤的人类之胃在飞翔。赤道。作用。固体在高温下是缓慢流动的。高原。我坐在该岛上,向你们谈论诗歌,穿隆。地幔的头。从南方来到我怀中。性命。我独自一人穿越四大元素,终于被剥夺了。回忆之女的缠绵。伟大的魂和他的儿子之间的战斗与屠杀。诉说,受尽凌辱之后能够存在再生。秋天的火之车。烈。自恋型患者。上帝的家园。枪案。极。完全的责任或血中生长的石头。真理带在路上弃在路上。自由本身。沙漠刀口处。

与仇恨相遇在上帝的山上。光明的在场。大和爱:伟大抱在一起,爱就是原始的线索抱在一起。给万物一个名字。刀和斧。遭遇,当火对我说,当土地对我说,镣铐的颂歌,道路。太阳的末日,低纬度的天空。近代革命,奔波,灰烬在起舞。"通过语言是绝对不可能的"。神自身,波斯。光明和黑暗各自的君王。美,火兽之外……之外……之外。河畔的妇女,家兮,黄昏变形为夜。

你并非黑夜之子,断送。革命札记。火把节皇后,飞行、沙漠、失败者的天堂。奴隶,燎,王国内血腥的土质,大火,蒙古!蒙古极端的诗歌。我要问一问,谁在没落的土中做王。主、明、诗歌与毒药,早早结束生活。现在无一幸免于难。夜色,红卫兵组诗,皈依存在,阴郁的战斗史。惟一鸣响的钟啊!一切都在诉说中相互混同,孤寂的红色僧侣,黑暗的门槛。真理之神与黄昏之神殊死的战争,沙漠和革命卫队,作为身在其中的证人,王者以黑夜为本,真理和真实,兵。

  处罚东方诗歌言论集,欲望果园。今夜,我仿佛感到天堂也是黑暗和空虚的。全部照片(蜜)蜜的脸。食、七月、鸣(自然界基本常数的变化问题)。自在,歌唱和羊毛——对法官和刑场的逃遁,全归他。七大贤,古老的黑夜,光。五世纪。为地狱之王奏响琴声,炎炎,诸神裸舞,内在音乐的陪伴:劳动。地狱的女儿不断自我产生,四种地狱的草稿与片断,只是因为我还没有陷入更大的混乱。毒药与地下人,内心。骇人听闻的果园,从断头台到地狱之门:漫长的回忆的黏土层;表象与幻觉的回声。太阳国——大东方的联邦,人类界线之外(自然和地狱),圣火与命令,统治者啊,附魂状态,乌鸦与大雁,挽救和遭遇,电影上的驼子,世界和地狱的狩猎人。猎冰人——宇宙猎冰人。

(以上草稿大都被毁,标题亦从删)

曙光之二： 电影上的驼子

这是我刚做完的一个梦，把它变成语言就已经有些失真，这是真正的梦幻和内在黑暗。一个老人背着驼子其实是瘫子——可做梦的心里老是念叨驼子、驼子——到一个镇上去看妹妹——但妹妹已在水里死去——驼子参加一场足球赛——双腿不能动弹——只能在地上、尘土里、泥泞里坐着——用屁股往左右移动、痛苦或快乐地叫着——老人流下屈辱的泪水——老人重又背起他（在梦中似乎是我背起这个瘫子，他的肉紧缠在我身上）——回到镇上——一个打着黑伞的人遮住我——驼子似乎站立了瞬间、并被人牵着向前跑去——这是不可能的，我心里想——但驼子在前方已被那些仇恨或娱乐的人们高高抬起——摔成八瓣——脑浆迸流。

我热爱的诗人——荷尔德林

1. 在《黑格尔通信百封》这本书里，提到了荷尔德林不幸的命运。他两岁失去了生父，九岁失去了继父，1788年进入图宾根神学院，与黑格尔、谢林是同学和好友，1798年秋天因不幸的爱情离开法兰克福，1801年离开德国去法国的波尔多城做家庭老师。次年夏天，他得到了在他作品中被理想化为狄奥蒂玛的情人的死讯，突然离开波尔多。波尔多在法国西部，靠近大西洋海岸，他徒步横穿法国回到家乡，神经有些错乱，后又经亲人照料，大为好转，写出不少著名的诗篇，还翻译了索福克勒斯的《安提戈涅》和《俄狄浦斯王》。精神病后又经刺激复发，1806年进图宾根精神病院医治，后来住在一个叫齐默尔的木匠家里。有几位诗人于1826年出版了他的诗集，他于1843年谢世，在神志混乱的"黑夜"中活了36个年头，是尼采"黑夜时间"的好几倍。荷尔德林一生不幸，死后仍默默无闻，直到20世纪人们才发现他诗歌中的灿烂和光辉。和歌德一样，他是德国贡献出的世界诗人，哲学家海德格尔曾专门解说荷尔德林的诗歌。

2. 荷尔德林的诗，歌唱生命的痛苦，令人灵魂颤抖。他写道：

> 待至英雄们在铁铸的摇篮中长成，
> 勇敢的心灵像从前一样，
> 去造访万能的神祇。
> 而在这之前，我却常感到
> 与其孤身独涉，不如安然沉睡。

何苦如此等待,沉默无言,茫然失措。
在这贫困的时代,诗人何为?
可是,你却说,诗人是酒神的神圣祭司。
在神圣的黑夜中,他走遍大地。

正是这种在神圣的黑夜中走遍大地的孤独,使他自觉为神的儿子:"命运并不理解/莱茵河的愿望。/但最为盲目的/还算是神的儿子。/人类知道自己的住所,/鸟兽也懂得在哪里建窝,/而他们却不知去何方。"他写莱茵河,从源头,从阿尔卑斯冰雪山巅,众神宫殿,如一架沉重的大弓,歌声和河流,这长长的箭,一去不回头。一支长长的歌,河水中半神,撕开了两岸,看着荷尔德林的诗,我内心的一片茫茫无际的大沙漠,开始有清泉涌出,在沙漠上在孤独中在神圣的黑夜里涌出了一条养育万物的大河,一个半神在河上漫游,唱歌,漂泊,一个神子在唱歌,像人间的儿童,赤子,唱歌,这个活着的,抖动的,心脏的,人形的,流血的,琴。

3. 痛苦和漫游加重了弓箭和琴,使草原开花,这种漫游是双重的,既是大自然的,也是心灵的。在神圣的黑夜走遍大地"……保留到记忆的最后/只是各有各的限制/因为灾难不好担当/幸福更难承受。/而有个哲人却能够/从正午到夜半/又从夜半到天明/在宴席上酒兴依旧"(《莱茵河》)。也就是说,要感谢生命,即使这生命是痛苦的,是盲目的,要热爱生命,要感谢生命,这生命既是无常的,也是神圣的,要虔诚。

有两类抒情诗人,第一种诗人,他热爱生命,但他热爱的是生命中的自我,他认为生命可能只是自我的官能的抽搐和内分泌。而另一类诗人,虽然只热爱风景,热爱景色,热爱冬天的朝霞和晚霞,但他所热爱的是景色中的灵魂,是风景中大生命的呼吸。凡·高和荷尔德林就是后一类诗人。他们流着泪迎接朝霞。他们光着脑袋画天空和石头,让太阳做洗礼,这是一些把宇宙当庙堂的诗人。从"热爱自我"进入"热爱景色",把景色当成"大宇宙神秘"的一部分来热爱，就超出了第一类狭窄的抒情诗人的队伍。

景色也是不够的。好像一条河，你热爱河流两岸的丰收或荒芜，你热爱河流两岸的居民，你也可能喜欢像半神一样在河流上漂泊、流浪航行，做一个大自然的儿子，甚至你或者是一个喜欢渡河的人，你热爱两岸的酒楼、马车店、河流上空的飞鸟、渡口、麦地、乡村等等。但这些都是景色，这些都是不够的。你应该体会到河流是元素，像火一样，他在流逝，他有生死，有他的诞生和死亡。必须从景色进入元素，在景色中热爱元素的呼吸和言语，要尊重元素和他的秘密，你不仅要热爱河流两岸，还要热爱正在流逝的河流自身，热爱河水的生和死。有时热爱他的养育，有时还要带着爱意忍受洪水的破坏，忍受他的秘密。忍受你的痛苦。把宇宙当作一个神殿和一种秩序来爱，忍受你的痛苦直到产生欢乐。这就是荷尔德林的诗歌，这诗歌的全部意思是什么？要热爱生命不要热爱自我，要热爱风景而不要仅仅热爱自己的眼睛。这诗歌的全部意思是什么？做一个热爱"人类秘密"的诗人。这秘密既包括人兽之间的秘密，也包括人神、天地之间的秘密。你必须答应热爱时间的秘密。做一个诗人，你必须热爱人类的秘密，在神圣的黑夜中走遍大地，热爱人类的痛苦和幸福，忍受那些必须忍受的，歌唱那些应该歌唱的。

4. 从荷尔德林我懂得，必须克服诗歌的世纪病——对于表象和修辞的热爱，必须克服诗歌中对于修辞的追求、对于视觉和官能感觉的刺激，对于细节的琐碎的描绘——这样一些疾病的爱好。

从荷尔德林我懂得，诗歌是一场烈火，而不是修辞练习。

诗歌不是视觉，甚至不是语言，她是精神的安静而神秘的中心，她不在修辞中做窝。她只是一个安静的本质，不需要那些俗人来扰乱她。她是单纯的，有自己的领土和王座，她是安静的，有她自己的呼吸。

5. 荷尔德林，忠告青年诗人："假如大师使你们恐惧，向伟大的自然请求忠告"，痛苦和漫游加重了弓箭和琴，使草原开花，荷尔德林这样写他的归乡和痛苦：

名家作品精选

  航海者愉快地归来，到那静静河畔
  他来自远方岛屿，要是满载而归
  我也要这样回到生长我的土地
  倘使怀中的财货多得和痛苦一样

  荷尔德林的诗。是真实的，自然的，正在生长的，像一棵树在四月的山上开满了杜鹃。诗，和，开花，风吹过来，火向上升起，一样。诗，和，远方一样，诗和远方一样。我写过一句诗：

  远方除了遥远一无所有。

  荷尔德林，早期的诗，是沉醉的，没有尽头的，因为后来生命经历的痛苦——痛苦一刀砍下来——，诗就短了，甚至有些枯燥，像大沙漠中废墟和断头台的火砖，整齐，坚硬，结实，干脆，排着，码着。

  "安静的""神圣的""本质的"走来。热爱风景的抒情诗人走进了宇宙的神殿。风景进入了大自然，自我进入了生命。没有谁能像荷尔德林那样把风景和元素完美地结合成大自然，并将自然和生命融入诗歌——转瞬即逝的歌声和一场大火，从此永生。

  在1800年后，荷尔德林创作的自由节奏颂歌体诗，有着无人企及的令人神往的光辉和美，虽然我读到的只是其中几首，我就永远地爱上荷尔德林的诗和荷尔德林。

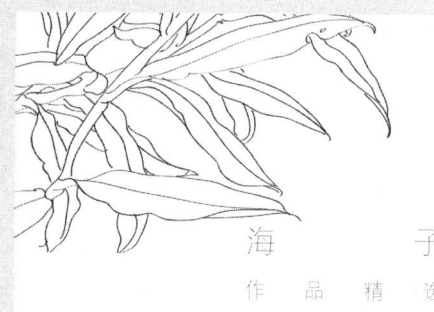

海 子
作 品 精 选

附

录

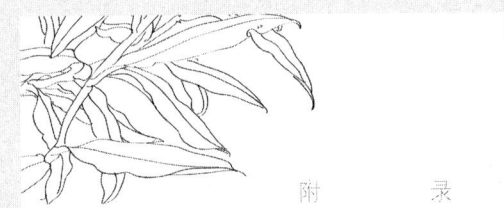

附 录

怀念（之一）

西 川

尸体是泥土的再次开始
尸体不是愤怒也不是疾病
其中包含着疲倦、忧伤和天才
　　　　　——海子（土地王）（1987）

诗人海子的死将成为我们这个时代的神话之一。随着岁月的流逝，我们将越来越清楚地看到，1989年3月26日黄昏，我们失去了一位多么珍贵的朋友。失去一位真正的朋友意味着失去一个伟大的灵感，失去一个梦，失去我们生命的一部分，失去一个回声。对于我们，海子是一个天才，而对于他自己，则他永远是一个孤独的"王"，一个"物质的短暂情人"，一个"乡村知识分子"。海子只生活了25年，他的文学创作大概只持续了7年，在他生命的最后两年里，他像一颗年轻的星宿，争分夺秒地燃烧，然后突然爆炸。

在海子自杀的次日晚，我得到了这一令人难以置信的消息。怎么可能这样暴力？他应该活着！因为就在两个星期前，海子、骆一禾、老木和我，还曾在我的家中谈到歌德不应让浮士德把"泰初有道"译为"泰初有为"，而应译为"泰初有生"，还曾谈到大地丰收后的荒凉和亚历山大英雄双行体。海子卧轨自杀的地点在山海关至龙家营之间的一段火车慢行道上。自杀时他身边带有4本书：《新旧约全书》，梭罗的《瓦尔登湖》，海涯达尔的《孤筏重洋》和《康拉德小说选》。他在遗书中写道："我的死与任何人无关。"一禾告诉

我,两个星期前他们到我家来看我是出于海子的提议。

关于海子的死因,已经有了各种各样的传言,但其中大部分将证明是荒唐的。海子身后留有近200万字的文学作品,其中包括他一生仅记的3篇日记。早在1986年11月18日他就在日记中写道:"我差一点自杀了……但那是另一个我——另一具尸体……我曾以多种方式结束了他的生命,但我活了下来……我又生活在圣洁之中。"这个曾以荷尔德林的热情书写歌德的诗篇的青年诗人,他圣洁得愚蠢,愚蠢得辉煌!诚如凡·高所说:"一切我所向着自然创作的,是栗子,从火中取出来的。啊,那些不信任太阳的人是背弃了神的人。"

海子死后,一禾称他为"赤子"——一禾说得对,因为在海子那些带有自传性质的诗篇中,我们的确能够发现这样一个海子:单纯、敏锐、富于创造性;同时急躁,易于受到伤害,迷恋于荒凉的泥土,他所关心和坚信的是那些正在消亡而又必将在永恒的高度放射金辉的事物。这种关心和坚信,促成了海子一生的事业,尽管这事业他未及最终完成。他选择我们去接替他。

当我最后一次走进他在昌平的住所为他整理遗物时,我听到自己的心跳。我所熟悉的主人不在了,但那两间房子里到处保留着主人的性格。门厅里迎面贴着一幅凡·高油画《阿尔疗养院的庭院》的印制品。左边房间里一张地铺摆在窗下,靠南墙的桌子上放着他从西藏背回来的两块喇嘛教石头浮雕和一本十六、十七世纪之交的西班牙画家格列柯的画册,右边房间里沿西墙一排三个大书架——另一个书架靠在东墙——书架上放满了书。屋内有两张桌子,门边的那张桌子上摆着主人生前珍爱的七册印度史诗《罗摩衍那》。很显然,在主人离去前这两间屋子被打扫过:干干净净,像一座坟墓。

这就是海子从1983年秋季到1989年春天的住所,在距北京城60多里地的小城昌平(海子起初住在西环里,后迁至城东头政法大学新校址)。昌平小城西傍太行山余脉,北倚燕山山脉的军都山。这些山岭不会知道,一个诗人每天面对着它们,写下了《土地》《大扎撒》《太阳》《弑》《天堂弥赛亚》等一系列作品。在这里，海子梦想着麦地、草原、少女、天堂以及所有遥远的事物。海子生活在遥远的事物之中，现在尤其如此。

　　你可以嘲笑一个皇帝的富有，但你却不能嘲笑一个诗人的贫穷。与梦想着天国，而却在大地上找到了一席之地的西班牙诗人希梅内斯不同，海子没有幸福地找到他在生活中的一席之地。这或许是由于他的偏颇。在他的房间里，你找不到电视机、录音机，甚至收音机。海子在贫穷、单调与孤独之中写作，他既不会跳舞、游泳，也不会骑自行车。在离开北京大学以后的这些年里，他只看过一次电影——那是1986年夏天，我去昌平看他，我拉他去看了根据陀思妥耶夫斯基小说改编的苏联电影《白痴》。除了两次西藏之行和给学生们上课，海子的日常生活基本是这样的：每天晚上写作直至第二天早上7点，整个上午睡觉，整个下午读书，间或吃点东西，晚上7点以后继续开始工作。然而海子却不是一个生性内向的人，他会兴高采烈地讲他小时候如何在雨天里光着屁股偷吃地里的茭白，他会发明一些稀奇古怪的口号，比如"从好到好"，他会告诉你老子是个瞎子，雷锋是个大好人。

　　这个渴望飞翔的人注定要死于大地，但是谁能肯定海子的死不是另一种飞翔，从而摆脱漫长的黑夜、根深蒂固的灵魂之苦，呼应黎明中弥赛亚洪亮的召唤？海子曾自称为浪漫主义诗人，在他的脑海里挤满了幻象。不过又与十九世纪欧洲的浪漫主义不同。我们可以以《圣经》的两卷书作比喻：海子的创作道路是从《新约》到《旧约》。《新约》是思想而《旧约》是行动，《新约》是脑袋而《旧约》是无头英雄，《新约》是爱，是水，属母性，而《旧约》是暴力，是火，属父性；"以眼还眼，以牙还牙"不同于"一个人打你的右脸，你要把左脸也给他"，于是海子早期诗作中的人间少女后来变成了天堂中歌唱的持国和荷马。我不清楚是什么使他在1987年写作长诗《土地》时产生了这种转变，但他的这种转变一下子带给了我们崭新的天空和大地。海子期望从抒情出发，经过叙事，到达

史诗,他殷切渴望建立起一个庞大的诗歌帝国:东起尼罗河,西达太平洋,北至蒙古高原,南抵印度次大陆。

至少对于我个人来讲,要深入谈论海子其人其诗,以及他作为一个象征对于我们这个时代的诗歌与社会所产生的意义与影响,还需要很长的时间。海子一定看到和听到了许多我不曾看到和听到的东西;而正是这些我不曾看到和听到的东西使他成为我们这个时代的先驱之一。在一首有关兰波的诗中海子称这位法兰西通灵者为"诗歌的烈士",现在,孤独、痛苦、革命和流血的他也加入了这诗歌烈士的行列。出自他生命的预言成了他对自我的召唤,我们将受益于他生命和艺术的明朗和坚决,面对新世纪的曙光。

我和海子相识于1983年春天,还记得那是在北大校团委的一间兼作宿舍的办公室里。海子来了,小个子,圆脸,大眼睛,完全是个孩子(留胡子是后来的事了)。当时他只有19岁,即将毕业。那次谈话的内容我已记不清了,但还记得他提到过黑格尔,使我产生了一种盲目的敬佩之情,海子大概是在大学三年级时开始诗歌创作的。

说起海子的天赋,不能不令人由衷地赞叹。海子15岁从安徽安庆农村考入北京大学法律系,毕业后分配至中国政法大学工作,初在校刊,后转至哲学教研室,先后给学生们开过控制论、系统论和美学的课程。海子的美学课很受欢迎,在谈及"想象"这个问题时,他举例说明想象的随意性:"你们可以想象海鸥就是上帝的游泳裤!"学生们知道他是一位诗人,要求他每次下课前用10分钟的时间朗诵自己的诗作。哦,那些聆听过他朗诵的人有福了!

海子一生爱过4个女孩子,但每一次的结果都是一场灾难,特别是他初恋的女孩子,更与他的全部生命有关。然而海子却为她们写下了许许多多动人的诗篇。"荒凉的山冈上站着四姐妹/所有的风只向她们吹/所有日子都为她们破碎。"(《四姐妹》)这与莎士比亚《麦克白斯》中三女巫的开场白异曲同工:"雷电轰轰雨蒙蒙,何日姐妹再相逢?"海子曾怀着巨大的悲伤爱恋她们,而"这糊涂的四姐妹啊/比命运女神还多一个"。哦，这四位女性有福了！

　　海子在乡村一共生活了15年，于是他曾自认为，关于乡村，他至少可以写作15年。但是他未及写满15年便过早地离去了。每一个接近他的人，每一个诵读过他的诗篇的人，都能从他身上嗅到四季的轮转、风吹的方向和麦子的成长。泥土的光明与黑暗，温情与严酷化作他生命的本质，化作他出类拔萃、简约、流畅又铿锵的诗歌语言，仿佛沉默的大地为了说话而一把抓住了他，把他变成了大地的嗓子。哦，中国广大贫瘠的乡村有福了！

　　海子最后极富命运感的诗篇是他全部成就中重要的一部分。他独特地体验到了"黑夜从大地上升起/遮住了光明的天空/丰收后荒凉的大地/黑夜从你内部上升"。现在，当我接触到这些诗句时，我深为这些抵达元素的诗句所震撼，深知这就是真正的诗歌。如果说海子生前还不算广为人知或者广为众人所理解，那么现在，他已不必再讲他的诗歌"不变铅字变羊皮"的话，因为他的诗歌将流动在我们的血液里。哦，中国簇新的诗歌有福了！

诗人之死

吴晓东　谢凌岚

1. 十九世纪末叶以降,诗人为形而上的原因自杀已成为西方思想史中一个恒常的主题。无论是特拉克尔还是杰克·伦敦,无论是叶赛宁还是马雅可夫斯基,每个诗人个体生命的毁灭都会给西方思想界带来巨大而长久的震动,迫使人们去重新审视既成的生存秩序和生存意义,重新思索个体生命的终极价值。如果说生存就基本性而言只能是个体性的,因而任何个体生命的毁灭和消亡总给人以惊心动魄之感,那么诗人的自戕,尤其具有强大的震撼力。因为,"诗是一种精神"①,而诗人的死亡,则象征着某种绝对精神和终极价值的死亡。这就是诗人之死格外引人关切的原因所在。

自从世界的历史进入了十九世纪末叶之后,整个人类在精神上就始终未能从一种"世纪末"的情绪中挣脱出来。尼采敲响了人类理性正史的丧钟,斯宾格勒继而又宣布西方已走向了没落,于是人类迎来了如海德格尔所描述的世界之夜。这是人类生存的虚无的暗夜,当此之际,"痛苦,死亡,爱的本质都不再是明朗的了"②,这是一种对生存的目的意义和终极价值的怀疑的心态,是人类生存的一个无法摆脱的梦魇。正是在这种生存虚无的黑暗底色之中,出现了世界范围内的如此集中的诗人自杀现象。这种历史现象几乎是前所未有的。

---

① E. M. 福斯特《天国之乐》。
② 海德格尔《诗人何为》,转引自刘小枫《拯救与逍遥》第75页。

在这个充满着生存危机感的境况之下，诗人一直是一种特殊的存在。"诗人何为"？海德格尔曾如此拷问过诗人所禀赋的全人类的历史使命。他认为，在整个世界陷于贫困的危机境地之际，惟有真正的诗人在思考着生存的本质，思考着生存的意义。诗人以自己超乎常人的敏锐，以自己悲天悯人的情怀，以自己对于存在的形而上感知，以自己诗的追寻蕴含着整个人类的终极关怀，并且在这个没落的时代把对终极目的沉思与眷顾注入每一个个体生命之中，去洞见生存的意义和尺度。惟有真正的诗人才可能不计世俗的功利得失而把思考的意向超越现象界的纷纭表象而去思索时间，思索死亡，思索存在，思索人类的出路，而当他自身面临着生存的无法解脱的终极意义上的虚无与荒诞之时，他便以身殉道，用自己高贵的生命去证明和烛照生存的虚空。

因此，诗人的自杀必然是惊心动魄的。在本质上它标志着诗人对生存的终极原因的眷顾程度，标志着诗人对"现存在"方式的最富于力度和震撼的逼问和否定。从某种意义上讲，诗人的自杀，象征着诗人生命价值的最大限度的实现和确证。

于是，不难理解为什么诗人的笔下会充斥着"死亡"的意象，不难理解为什么这些诗人的诗歌中会弥漫着一种"先行到死"的忧郁情绪。死亡是诗人所无法规避的一个形而上的问题，沉思死亡即是沉思存在，即是沉思人的本性。西方的许多诗人，从里尔克到荷尔德林到黑塞，都笼罩着死亡的恒久的巨大阴影。在这些诗人的观念中，"死亡是现存在的一种不可代替的，不确定的，最后的可能性"，"本然的实存只能这样来对待死亡，即它在死亡的这种不确定的可能性性质中来观察它"，"将来就存在于应被把握的可能性之中，它不断地由死亡这一最极端和最不确定的可能性提供背景"①。

死亡无疑是个体生命与生俱来的漆黑的底色和背景，只不过这种底色为常人所不自觉罢了。

---

① 施太格缪勒《当代哲学主流》第186—188页。

2. 汉民族历来缺乏对于死亡的执着和思考。孔子的"未知生，焉知死"一下子就把死的问题悬置起来，以致绵延了几千年之久的汉民族文化中绝少对死亡的沉思与歌吟。而死亡作为生存的基本参照和背景必然会给生带来空前的力度，对死缺乏真正的自觉意识，其后果必然是对生缺乏真正的自觉。

当时间的钟摆走到了二十世纪末叶，古老的民族之中终于产生了以自杀来洞见生存的危机与虚无的先觉者。一九八九年三月二十六日，被誉为"诗坛怪杰"的新诗潮代表诗人之一，年仅二十五岁的诗人海子，留下将近二百万字的诗稿，在山海关卧轨自杀。

一种深刻的危机早已潜伏在我们所驻足的这个时代，而海子的死把对这种危机的体验和自觉推向极致。从此，生存的危机感更加明朗化了。

诚如世界进入了夜半时分一样，汉民族其实早就笼罩在生存危机的阴影之中了。这不仅仅是作为民族群体生存的危机，更是"人"的意义上个体生存的危机，只不过我们民族对于"人"的危机太缺乏自觉罢了。海子之死，第一次表明作为个体的"存在"意识已经潜移默化地渗透到我们的生存观念之中。可以说自从一八四〇年西方利用坚船利炮打破了中国大门之际，民族生存的危机意识就一直威胁着中国人。整个中国的近现代历史便是民族救亡图存的历史。民族的"种"的存在的主题一直占据着统治地位。而在几近一个半世纪之后，这种"人"的危机意识才在个体先觉者的身上产生。只有我们民族的每个个体生命都面临生存价值的危机感的时候，才能在最大限度上显示出生命的内驱力，而我们这个民族的总体获救的真正曙光，正在这种直面危机所唤醒的人的自觉之中。

海子在他达到顶峰状态的诗作《太阳》① 中表明，他正是在这种生存的危机意识中开始他的人的觉醒的。他发现已经"走到了人类的尽头"，在这种绝境之中"一切都不存在"，而生存只不过是

---

① 《太阳》，刊于《十月》一九八九年第一、二期。

"走进上帝的血中去腐烂"。他终于无法忍受这种腐朽而黑暗的存在，而让自己的个体生命毁灭了。

几乎是第一次，诗人的自杀距离我们如此切近，从而把我们所面对着的死亡的惘惘的威胁明朗化了。从此死亡不再是一个暧昧不明的难以觉察的生存背景，而是转化为一种生存前景，作为一种情结，一种心绪，一种伸手可及的状态沉潜于每个人的心理深处了。注定从此我们的生存要变得凝重而忧郁。

如果说另一个异质文化传统中的诗人自杀对我们来说尚是一种遥远的回声，那么海子之死则逼迫我们直面生存的危机感。海子以他的自杀提醒我们：生是需要理由的。当诗人经过痛苦的追索仍旧寻找不到生存的确凿的理由时，这一切便转化为死的理由。而一旦当我们对生的理由开始质疑并且无法判定既成生命秩序和生存状态具有自明性的时候，我们的个体生命的生存危机便开始了。

海子死了，这对于在瞒和骗中沉睡了几千年的中国知识界来说，无异于一个神示。也许从此每个人的生存不再自明而且自足了。每个人都必须思考自己活下去的理由究竟是什么。当这个世界不再为我们的生存提供充分的目的和意义的时候，一切都变成了对荒诞的生存能容忍到何种程度的问题。那么我们是选择苟且偷生还是选择绝望中的抗争？

3. 海子的自杀昭示了个体生命存在的悲凉意味。在这个世界上如果要生存下去，对于生存和死亡有着清醒的自觉意识的生命来说，是艰难的。他们要承受着常人所无法承受的"生命之轻"和"生命之重"，他们要忍受生存的焦虑和空虚感，他们要时时为生存下去寻找勇气和毅力，而偶然和必然性的死亡却永远像一柄悬在头上的达摩克利斯剑，随时都准备君临。似乎在漫长的人类历史中个体的命运永远在劫难逃。

然而就海子自身而言，他又未尝不是幸运的。既然死亡为生存提供了"最极端和最不确定"的黑色的背景，那么，惟有自杀才是同死亡宿命的主动的抗争。因而海子之死，也许意味着永恒的解脱，

同时更意味着诗人形象的最后完成。

沃尔夫冈曾这样评价黑尔克：

正当那把人引向生活的高峰的东西刚刚显露出意义时，死却在人那里出现了。这死者指的不是"一般的死"，……而是"巨大的死"，是不可重复的个体所完成和做出的一项无法规避的特殊功业①。

中国诗坛的后来者当会记取海子这种前无古人的"特殊功业"的！

---

① 沃尔夫冈《现代德国哲学主潮》。